好き？　好き？　大好き？

R・D・レイン
村上光彦 訳

河出書房新社

目次

THREE …… 40

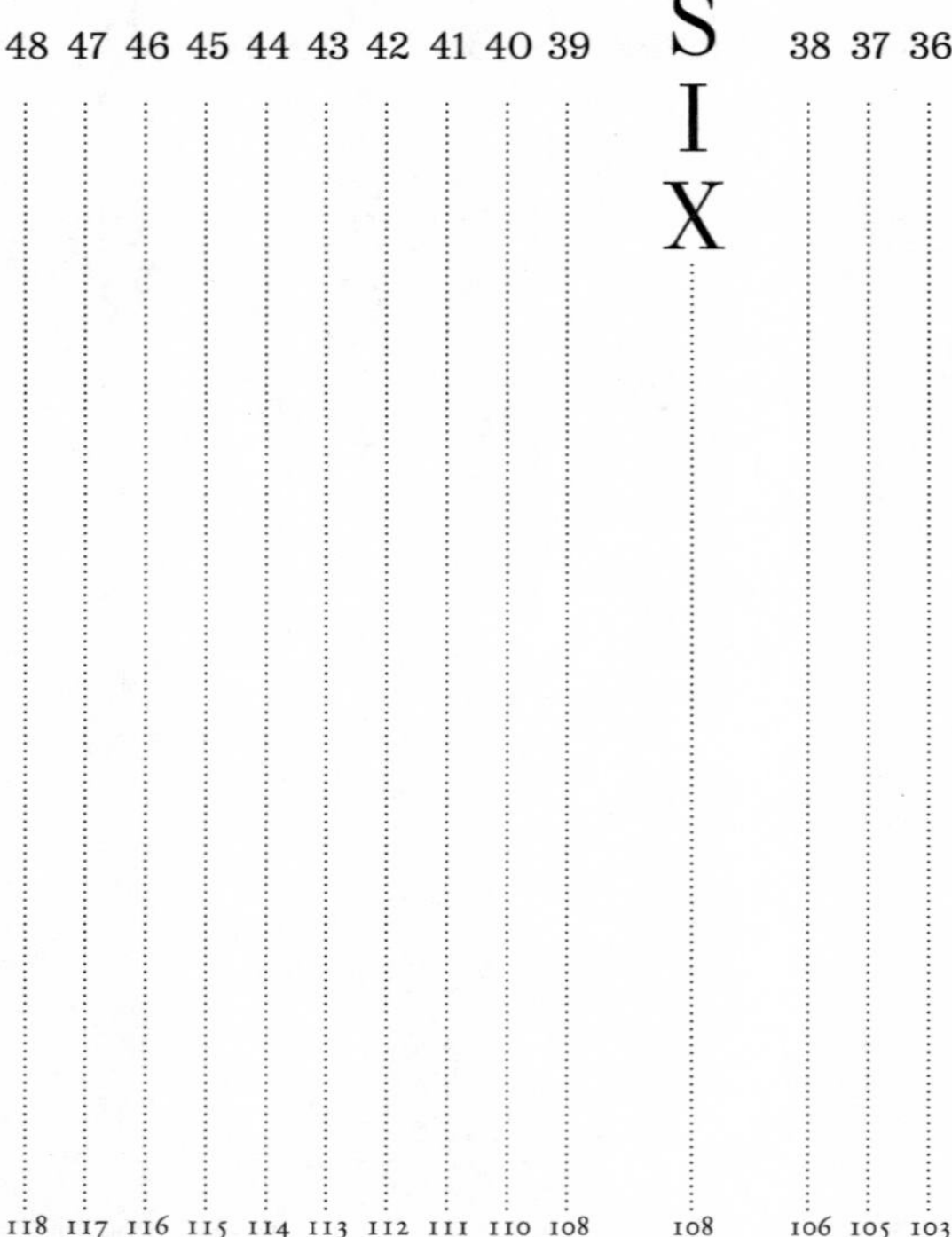
48 47 46 45 44 43 42 41 40 39
SIX
38 37 36
118 117 116 115 114 113 112 111 110 108
108
106 105 103

好き？　好き？　大好き？

ONE

1

蕩児の帰宅　I

母　あの子が帰ってきましたよ　あなたに会いに
息子　やあ　パパ
父　いやあ（間）あなたはどなた？
息子　パパの息子だよ　パパ
父　ほう　わたしの息子か
息子　そうだよ　パパ
父　ところで　お名前はなんと？
息子　ピーターだよ

父　わたしの息子のピーターだね
息子　そうだよ　パパ
父　わたしの息子のピーターだね
息子　そうだよ　パパ　パパの息子のピーターだよ
父　おまえはいつも　わしの女房といっしょに暮らしていたっけが
　おまえにまた会えるなんて　思いもよらなかったぞ
息子　だからさ　こうしてここに来たよ　パパ
父　おまえにまた会えるなんて　ほんとによかったなあ　ピーター
息子　パパにまた会えて　ほんとによかったよ　パパ
父　ところで　もう結婚したのかね　ピーター？
息子　うん　パパ
父　では　もう子どもがいるのかね？
息子　うん　パパ
父　で　これまでどんなことをしていたんだね？
息子　旅をしてまわっていたんだよ
父　で　うまくやってきたのか？
息子　うん　これまでのところはね　木にさわってよ＊

父　そいつはすばらしい　そいつはすばらしい
息子　ところで　もう結婚したのかね　ピーター？
父　うん　パパ
息子　では　もう子どもがいるのかね？
父　うん　パパ
息子　で　どんなことをしているんだね？
父　音楽家なんだよ
息子　ピーターはずっと音楽好きだったな
父　そうだよ
息子　長いこと泊まっていくのかい？
　　あと四、五分もしたら　おいとましなくちゃあ

＊　木製の器物にさわるのは、悪運をはらいのけるためのまじないである。たとえばフランスの農民のあいだには、豊作の見込みが立つばあいでも、うっかり「今年は作柄がよさそうだ」などというと、かえって悪運を招きよせることになるのではないかと気づかうような迷信がある。そういうことを口にしたばあいには、魔よけのまじないとして、木でできたものにそっとさわろうとする。この詩の息子のばあいは、《うまくいった》という表現が悪運を招かないように、父親に魔よけのしぐさをしてもらおうとしたのであろう。

父　そうかね　おまえに会えたんで　ほんとにうれしかったよ　ピーター
息子　パパに会えてほんとにうれしかったよ　パパ

（間）

息子　パパのほうは　からだぐあいはどうだったの？
父　女房（あれ）に　わたしよりさきに死んでもらいたくないものだ
母　そんなことをおっしゃってはだめですよ

（間）

父　あなたは手品師（マジシアン）でいらっしゃる
息子　そうだよ
父　わたしの息子のピーターは音楽家（ミュージシアン）でして
　　あの子をごぞんじでしょうか？
息子　さあ　どうかなあ
父　あれはほうぼう旅をしてまわっていましてな　もう結婚して
　　うまくやっているし　子どももいるという話ですが
　　ほんとうのところ　あの子をごぞんじありませんかなあ？
息子　ぼくがそのあの子だよ
父　ほう　おまえがそのあの子なんだね

息子　パパの息子のピーターだよ

父　わたしの息子のピーターだね
　おまえにまた会えるなんて　思いもよらなかったぞ　ピーター
　そいつはすばらしい　いまの話をお聞きになりましたか？
　あの人がわたしの息子のピーターだそうですよ

息子　ピーターという息子さんがいらっしゃったんですか？

父　それがわたしのぼうずでしてな

息子　ピーターのことをどう考えているの　パパ？

母　もうたくさん！

息子　なぜさ？

母　あなたったら　それではもう行きすぎですよ

息子　おたおたしないでよ　いいんだよ

母　あなたはいつもこうだったわねえ

息子　口を出すなってば

母　わたしにかかってくる問題なんですからね

息子　ピーターのことをどうお考えですか？

父　（笑いながら）ちょっとしたごろつきでしてな

母　（腕を伸ばして、父親の口を掌でふさぎ、そのままの姿勢で息子に声をかける）

こんなばかげたことは　もういけませんよ

息子　（ゆっくりと本気で力を入れながら、母親の手を父親の口もとからどけようとする。母親はものも言わずに精いっぱいがんばるが、しまいにその両手を膝のうえに組んで置かされる）

いいんだよ　（母親にキスする）　約束するよ

どっちみち　もう行かなくちゃあ

（父親のほうを向く）

ぼく　ピーターだよ　もう行かなくちゃあならないんだ　パパ

父　そうかね　おまえに会えたんで　ほんとにうれしかったよ　ピーター

おまえにまた会えるなんて　思いもよらなかったぞ

息子　さよなら　パパ

パパにまた会えてとてもうれしかったよ

父　さよなら　ピーター　すばらしかったぞ

息子　さよなら　ママ

（キスする）

母　こんどはこんなに長くいないでね

息子　そうするよ

（キスする）

つぶやき　2

（1）　わたしにはそれが信じられなかったわたしにはただもうそれが信じられなかったただもうそれを信じることができなかったわたしにはわたしにはただもうそれが信じられなかったそれが信じられなかったそれが信じられなかったわたしにはただもう信じられなかったそれが信じられなかったそれが信じられなかったわたしにはわたしにはただもうわたしにはただもうできなかったわたしにはただもうそれが信じられなかったそれを信じることができなかったわたしにはそれが信じられなかったそれが信じられなかったそれが信じられなかった

（2）　わたしがどんなつもりで言っているのか知ってるの知っているねわたしがどん

なつもりで言っているのかそれはそれはけっこうといったふうなものそれはそれはけっこうなんだそれはきみは知っているねわたしがどんなつもりで言っているのかなんだ知っているねきみにはただもうどんなことだってわかりっこない知ってるねわたしがどんなつもりで言っているのか知ってるねそれはそれはけっこうなんだそれはどんなものにだって似てはいないほんとうにきみは知っているねわたしがどんなつもりで言っているのかそれはなにものでもありはしないほんとうに知っているのわたしがどんなつもりで言っているのかわたしにはそれがまんならない

（3）

どっちみちわたしはなにごとにこだわっているのか？　なにが問題なのか？　なにか問題があるのか？　それが問題だ。かもしれない。ないかもしれない。でもどっちみち。なにも問題がないのならば問題があるかもしれないなどと考えたりするのはなぜかそれにもしあるのならばなにも問題はないかもしれないなどと考えたりするのはなぜか？　どっちみち。問題があろうとなかろうとあるのかそれともないのか見きわめるのにどれだけの時間をついやすかがどっちみち問題だ問題があるにせよそれともないにせよどっちみちなんのかかわりもないことだなにが問題であるかがどっちみち問題だ

(4)

考えることなし考えることなしなし考えることなしなしなしなし
考えることなしなしなしなし忘るることなし思い出なし
行いなし行いなしなしなにごともなすなかれなすなかれ
なにごともなすなかれなにごとかをなすことなかれ許されざることは禁ぜられたり

(5)

わたしの首は断頭台上にある刃が降りてくる
わたしの首はこちらへ行きあとの残りはあちらへ行く
わたしがいるのはどちらがわになるのやら

3

コルク抜き　ありますかしら？

十二月の晩、小さな古い店
外套を着て、赤葡萄酒の罎(びん)を手にした青年が、正面入り口から入ってくる
老人が店裏から入ってきてカウンターのうしろに立つ

老人　いらっしゃいませ(グド・モーニング)
青年　（間、それから、だしぬけに）こんにちは……(グド・モーニング)
老人　御用は？
青年　ええ。すみません。あの　コルク抜き　ありますかしら？
老人　なぜですか？
青年　（間、それから、だしぬけに）この罎を開けたいんですよ

老人　（早口に、それだけで意味が相手に通ずるはずだと思っているように）

ああ　わかりました

（間）

青年　あの？

老人　（楽しげに、そして辛抱づよく）　なんですって

青年　コルク抜き　ありますか？

老人　いいえ

青年　あの　じゃ——

老人　（さえぎる）　申しわけありません　ありませんで

青年　あの　じ——

老人　（さえぎる）　いえ　たいへん申しわけありませんが　ありませんで（間）

よそで当たってみましたか？

青年　ええ、当たってみました

老人　よそにありましたか？

青年　いいえ　なかったんです

老人　道路の上手（かみて）で当たってみたのですか？

青年　ええ　そうです

老人　ありましたか
青年　いいえ　なかったんです
老人　道路の上手では　当たってみるだけむだです、あちらの店にはぜんぜんなにもありませんよ
青年　あの　じ——
老人　（さえぎる）道路の下手を当たってみましたか？
青年　いいえ　当たっていません
老人　（とつぜん、きっぱりと）道路の下手を当たってみなさい！
青年　そうですね　どうもありがとう。そうします。じゃあ　たいへんありがとう
老人　どういたしまして。喜んでお相手しますとも。さよなら
青年　さよなら

4

わたしはなくしてしまった
なくしたって　なにを？
どこかで見かけましたか？
見かけたって　なにを？
わたしの顔を
いいえ

5

医師　いかが　おぐあいは？
患者は、首についている気管切開チューブを指さす
医師　どうも失礼
患者が口をきくことができないのを悟って
医師は用箋と鉛筆とを手にとって書きつける

いかが　おぐあいは？

そして、用箋と鉛筆とを患者に手渡して、返事を書いてもらおうとする
患者は用箋と鉛筆とを手にとって書きつける

つんぼではありません

6

赤い蜘蛛っておっしゃいましたね?
緑色の目をしたやつです
いつ始まったのですか?
彼女と別れたときです
まだ続いていますか?
数ヵ月まえにやみました
こんどは　吸血鬼どもなんですよ　直径が七フィートもあって　緑色の目をしたやつ

らです

密集していましてね。このあいだなんか　その一匹に　すんでのところでやられると
ころでしたよ

それはまたどうして？

わたしが警戒をゆるめていたからです、ちょうど浴槽に入っていましてね　いい気分
になって

すてきな黒い肌のネパール女にはまっていたんです。やつらの一匹がわたしめがけて
やってきました

なにごとが起こったのですか？

わたしの精神防禦楯が　そいつに破られてしまっていたんですよ。そいつはわたしの
喉から一フィートのところまで来ました

それから？

精神管制でもってそいつを押しとめましたがね　すぐそばまで来ていたんです
どんなに注意しても　注意のしすぎということはありませんね
まったくです
彼女にはまたお会いになりますか?
あしたです
最高の幸運を祈ります

7

あなたはユダヤ人ですね　ちがいますか

そうですよ

あなたはユダヤ人らしく見えませんな、わたしがどんなつもりで言っているのか　おわかりでしょうな

いいえ

あなたは正統派〔正統派ユダヤ教徒の意〕ではありませんね、それともそうなんですか、それともなにかそんなふうなものとか？

ちがいますとも

この土地には反ユダヤ主義はありません、ごぞんじですね、ですからあなたにはなんら問題があってはならないのです、わたしがどんなつもりで言っているのか　おわかりでしょうな

ごもっともごもっとも

そうとも　あなたにはなんら問題があってはならないのです（間）
たしかですか　あなたが正統派ではないというのは

なあに　ちがいますよ　わたしは精神分析医です

おや　そうですか　もちろんもちろん　いや　あなたにはなんら問題があってはならないのです　ただこう言ってくださいよ　自分は長老派だとね　わたしがどんなつもりで言っているのか　おわかりでしょうな

8

蕩児の帰宅 II

お父さん！

私生児め！

お父さん！

私生児め！

バーナクル・ビルがぼくのお父さんですよ

おれはバーナクル・ビルだ
お父さん！
私生児め！

TWO

9

寓話 I

ジャックとジルは夫婦で　たがいに愛しあっている
ジャックはときどき思う――ジルは　トムかディックかハリーと
関係しているな　と。だが　これは彼の思いちがいだ
ジャックのいちばんの親友はジョンだ
ジョンが彼の妻に逃げられてしまったので、ジャックはジョンを誘って
自分とジルのところにしばらくいてもらうことにする

ジルがジョンを慰めているさなかに、ジョンはジルにファックする
ジルはこんなわけで　ジャックはジョンを信頼してはいけない　ということに気がつく

ジョンがジャックを裏切ったことに怒りを発したものだから　ジルはジャックに
あなたはジョンを信頼するわけにいかなくてよ　と告げる、もっとも　そのわけは言わない
ジャックは感じてしまう——ジルのやつ　ジョンと自分とのことをやっかんで
おれたちの友情を割こうとかかってるな　と

ジャックはジルを置き去りにする

ジャックとジョンはいっしょに出てゆく

寓話　II　10

ジャックとジルは夫婦で、愛しあっていて、何人か子どもがいる
ジャックは思う――ジルはおれのいちばんの親友のトムと関係しているな　と
彼は　ジルのいちばんの親友のジェーンに　そんな疑いを打ちあける、ジェーンは
そのとおりよ　と言ってのける。
トムも認めて　そのとおりと言う
ジルはなにからなにまで否認する
ジャックはもう彼女を信ずることができなくなる

彼はジルと子どもたちとを置き去りにして
ジェーンのところへ行っていっしょに住む

ジルはトムのところへ行っていっしょに住む

じっさいには、ジェーンとトムこそ、人目憚る恋人どうしだった。そんなこととは
ジャックもジルもまるで知らなかったのだ

寓話 Ⅲ　11

ジャックとディックとトムとは親友どうし
ジルとジェーンとジョーンとは親友どうし

ジャックとジルとが恋仲になる
ディックとジェーンとが恋仲になる

ジャックとジョーンとが恋仲になる
トムはジョーンと恋仲になる
ジョーンはジャックとの恋が破れてトムと恋仲になる
ジェーンはトムと恋仲になる

トムはジョーンとの恋が破れてジェーンと恋仲になる
ジャックはジョーンとの恋が破れてジェーンと恋仲になる

ジェーンはジャックとディックとトムとを得る

ジョーンは自殺する

ジェーンはトムとの恋が破れて
ふたたびディックと恋仲になる

ジャックはジェーンとの恋が破れて
ふたたびジルと恋仲になる

ディックとジルとは知らない
ジャックとジェーンのことを、ジャックとジョーンのことを、
トムとジェーンのことを、トムとジョーンのことを

トムは知らない　ジャックとジェーンのことを

THREE

12

あなたったら　わたしをぜんぜん見向きもしないのね

彼はなにか音楽のレコードをかける
しばらくしてから

彼女　　なにか音楽を聞いたらどうかしら？

彼はレコードを外して別のをかける
彼女はそのレコードを外して別のをかける
しばらくしてから

彼女　これ　気に入って？

彼　いや　べつに

（間）でもかまわないよ　（間）　だれも踊っているわけでなし

彼女は別のをかける

彼　なにか　もうちっとパーソナルなのをかけることができないもんかなあ？

彼女はそのレコードを外して、説明抜きで別のをかける

A面が終わるまで、二人は黙って坐（すわ）っている

彼女　こんどはなにをかけたらいいか　わからないわ

彼　それなら　なにもかけなければいい

彼女　でも　なにか聞きたいのよ

彼　それなら　きみが知っていて好きなのを　なにかかけるんだな

彼女　この曲　知ってて？

彼　いや。知ってるの？
彼女　いいえ
彼女はそれをかける
ちょっとたってから

彼　なにか　ぼくたちが二人とも知っていて好きなやつか　それとも　せめてきみだけでも知っていて好きなやつを　かけるくらいのことが　きみにはなぜできんのかねえ？　ぼくたちの家庭に　まったく見ず知らずの連中がどやどや踏み込んでくるなんて　ぼくはいやだなあ
彼女　わたし　これがとっても好きなの
彼　ぼくはちがうよ
彼女はそれを外す。彼女がはじめにかけたものをまたかける
彼女　これなら知ってるし　好きだわ

彼はそれを外す。別のをかける

彼　　ぼくは　これが大好きなんだ

彼はヴォリュームを上げる

彼女　ねえ　もうちょっと下げてくれないかしら？

彼はヴォリュームを下げる

彼女　とりかえていい？　いいわ。待つことにするわ

彼　　ぼくだって片面は聞く資格があると思うな

彼女はもうちょっとヴォリュームを下げる

彼　　それじゃあ聞こえないよ（間）もうすこし上げてくれないかなあ？

彼女　いやよ

彼はヴォリュームをいくらか上げる
彼女　あなたったら　わたしをぜんぜん見向きもしないのね
彼　ごめん　わるかったよ
彼女　わたし叫びだしかけてはいないわよ
彼はヴォリュームを下げる
彼女　あなたったら　わたしをぜんぜん見向きもしないのね
彼はふたたびヴォリュームを上げる

13

今晩はだめだよ　ジョゼフィン

彼　　なにか用？
彼女　わたしとあれしてよ
彼　　きみときたら
　　　ぼくをからからに吸い上げてから毒を注ぎ込む胎盤だな
　　　ぼくを窒息させて押しつぶす子宮だな
　　　ぼくを刺して絞めつける臍（へそ）の緒（お）だな
　　　きみの膣は地獄の入り口だ
　　　今晩はだめだよ　ジョゼフィン
彼女　あなたったら　なんのかんのって　だれからだって逃げるんでしょう
彼　　あかりを消しておくれ

彼女　もう自分で消しちゃったくせに

14

今晩はだめよ　エディプスちゃん

彼　あれ　どう？

彼女　気が進まないわ

彼　ぼくがきみを思ってるほど　きみはぼくを思ってくれないんだなあ

彼女　それはね　あなたが情緒的に閉塞されてるからよ

彼　どうしてそんなことが言えるの？

彼女　あなたって　自分の感情をぐっと抑えられないのね
だから　それをありったけ　ペニスに注ぎこむのよ

彼　きみがぼくに割ける時間ときたら　ぼくがきみにとっとく時間ほどないんだ
なあ

彼女　あなたが言うつもりでいるのは　わたしがファックされたいと思う度合いと

くらべて　あなたのほうがよけいに　わたしにファックしたいと思ってるってことなのよ

彼　ぼくはさ　きみの目をのぞきこむのが好きだな

彼女　情緒的に成熟した人たちって　たがいに相手の目をのぞきこまずにはいられないってことが　あまりないらしくてよ　そこにいくとあなたときたらやたらに長いあいだ　やたらにしょっちゅう　わたしの目をのぞきこまないではいられないらしいけど

彼　きみの顔は暖炉の火で見ると美しいなあ

彼女　きっと　わたしを見てると　お母さまのこと思いだすんでしょ

彼　お母ちゃん！

彼女　今晩はだめよ　エディプスちゃん

15

キスする

彼女　誕生日のプレゼントになにがほしいかねって　たずねてくださろうとしていたんでしょ

彼　ああ　そうそう。忘れてた。なにがほしいのかしら？

彼女　あててよ

彼　洗礼者ヨハネの首〔マルコ伝第六章参照〕

彼女　かるがるしいことを言わないで

彼　じゃあなにさ？

彼女　離婚よ

彼　そりゃ金がかかりすぎる

彼女　まあ　あなた　おねがいよ

彼　なにができるか考えてみよう　だけど約束はできかねるよ
彼女　約束して　最善を尽くすって
彼　約束するよ
彼女　（キスする）
彼　（キスする）

16

きみの声が聞こえないんだ

彼　　きみの声が聞こえないんだ
彼女　あなたは耳をすましていないのよ
彼　　すまそうとしているんだよ
彼女　わたし　あなたが大好き　なにかしい、しようとすると、ところが
彼　　きみの声が聞こえたものと認めようとしていたんだ
彼女　わたし、だいきらいよ　認めてもらうことなんて
彼　　けっこう
彼女　けっこうなんかじゃないわ
彼　　なにがそうじゃないのさ？
彼女　あなたは耳をすましていないのよ

彼　きみは意思を伝えていないんだ

彼女　唖が聾に話しかけているのね

彼　それだな　ぼくたちの状態は

彼女　そんな言い方しないで

彼　きみと同じに考えることも許してもらえないのかい？

彼女　おもしろくないわ

彼　おもしろいと言ったおぼえはないね

17

むつかしいもんだな

彼　　むつかしいもんだな
彼女　むつかしいわ
彼　　やめるのはむつかしい
彼女　とてもむつかしいわ
彼　　とびきりそうだ
彼女　そうよ
彼　　そんなとき
彼女　ほんとに
彼　　むつかしいもんだな
彼女　やめましょうよ　こんなこと

（間）

彼　やめた

彼女　やめたわ

（間）

（ほとんど同時に）

彼女　まあ

彼　またはじめたな

彼女　やめましょうよ　こんなこと

彼　どうやって？

彼女　やめたわ

（間）

彼女　（そのことを語りかけて）

むつかしいものだわ

彼　なにがだい？

（間）

彼女　またはじめたのね

彼　やめた

（間）

彼女　あなた、またやってるわね

彼　きみ、またやっているな

（間）

彼女　むつかしいわ

彼　むつかしいもんだな

18

やめて　こんなこと

彼女　やめて　こんなこと
彼　きみこそ　やめろよ　こんなこと
彼女　してもいないことをやめるなんて　できないわよ
彼　きみがはじめたんだぜ　こんなこと
彼女　そしてあなたこそ　やめてよ　こんなこと
彼　してもいないことをやめるなんて　できないよ
彼女　そういうことをぬけぬけとやってのけようと思ってるのね　あなたは
彼　ぬけぬけとやってのけるって　なにをさ?
彼女　こんどこそ　のたくって逃げだすわけにはいかなくてよ
彼　のたくって逃げるって　なにからさ?

彼女　ばかのまねしてごまかしたりしないで
彼　そんなことなんか　なにもしてはいないよ
彼女　おしまいにして　こんなこと
彼　はじめからやっていないよ
彼女　打ち切りにして
彼　打ち切るって　なにをさ
彼女　やめてくださらない　こんなこと？
彼　やめるって　なにをさ
彼女　あれよ
彼　なにさ？
彼女　なにもかもちゃんと知ってるくせに
彼　どうやらぼくは知らないんじゃないかなあ
彼女　どうやらわたしは知らないんじゃないかしら
彼　もう眠ることにするよ
彼女　あなたは一度だって目がさめたことがないのよ

19
どれもこれもみんなどこから来たのかしら？

彼女　どれもこれもみんなどこから来たのかしら？

彼　どれもこれもみんな来たって　なにがさ？

彼女　あなたはしじゅう　わたしに頭からたてつづけにひっかけてるじゃないの

　そのうんこのかぎりのことよ

彼　きみの受けた祝福の数々を数えるんだな

彼女　わたしはわたしの足の指を数えているわ

彼　〈主〉は与えたまい　〈主〉は奪いたまう

彼女　わたしに話しておいてくださらなくてはいけなかったのよ

彼　なにをさ？

彼女　わたしがいっしょに住んでいる相手が　〈全能の主なる神〉だったということ

　　をよ
彼　いま問題なのはどういうことかね？
彼女　あなたは自分のことを〈全能の主なる神〉だと思ってるのね　明々白々よ
彼　きみはことばを慎むことができんものかなあ？
彼女　〈こやしなる主〉それなのよ　あなたの正体は〈こやしなる主〉よ
彼　ぼくは〈全能の主なる神〉ではない
そしてぼくは〈こやしなる主〉ではない
彼女　ほんとうにそう？
彼　うん　ほんとうにそうだ
彼女　あなたって　すごい嘘つきなんだから

20

そういうことをぬけぬけとやってのけようと思ってるのね　あなたは

彼女　そういうことをぬけぬけとやってのけようと思ってるのね　あなたは
彼　ぬけぬけとやってのけるって　なにをさ？
彼女　あなたは女を憎み、あなたは女をぶちこわすのよ。あなたがこれまでぶちこわしてきた女たちみんなを見てちょうだい
彼　みんなを見ろって？
彼女　みんなをよっく見てちょうだい
彼　どうもぞっとしない話だね
彼女　だったら？
彼　だったらなにさ？

彼女　わたしにまであんなことをしようとはしないわね

彼　あんなことをするって　なにをさ?

彼女　あなたがこれまでみんなにしてきたことよ

彼　ぼくはこれまでみんなになにをしてきたのかな?

彼女　みんなを見てちょうだい

彼　そうかね

彼女　あなたはみんなをずたずたに切って　ごたごた詰めものをして　ここに　わたしたちのまわりに　みんなをぺたぺた貼りつけてきたのよ。あなたはまさか　わたしまで　あんなふうにずたずたに切って　詰めものをするつもりはないわね

彼　ほんとうのところ　ぼくにはさっぱりわからんがねえ

彼女　その臭いがするのよ

彼　きみの鼻はきみのお尻にくっつきすぎているのさ

21

で　それから

彼女　で　それから
彼　で　それから　なにさ?
彼女　知ってるくせに
彼　知ってるって　なにをさ?
彼女　なにもかもちゃんと知ってるくせに
彼　いやぼくはなにもかもちゃんとなんて知らないよ
彼女　こっちへ来て
彼　きみこそこっちへ来いよ
彼女　おしまいにして　こんなこと
彼　きみこそおしまいにしなよ　こんなこと

彼女　あなた　うっちゃって　こんなこと
彼　きみが始めたんだよ　こんなこと
彼女　あなたなのよ　こんなことをやりつづけているのは
彼　やるって　なにをさ？
彼女　まだやってるのね　こんなこと
彼　だから　なにをさ？
彼女　なにもかもちゃんと知ってるくせに
彼　もう二度とあんなふうにはならないとも
彼女　あなたは一度だって　どんなふうにもなったことがないのよ
彼　見てごらんよ　だれが口を利いているんだか
彼女　見ているわよ

22

あなたって　すごいファックやりの嘘つきなんだから

彼女　で　それから？
彼　で　それから　なにさ？
彼女　あなたはやったのね　やらなかったの？
彼　いったいなんの話かねえ？
彼女　わたしがなんの話をしているのか　なにもかもちゃんと知ってるくせに
彼　まだそんなことにこだわっていたって　ぼくはなにもかも言ったんだし　これから言うことだって全部おなじだよ
彼女　あなたはやったのね　やらなかったの？
彼　もうとうに話したことだよ
彼女　あなたはやったのね　やらなかったの？

彼　尋問されるんだったら　ぼくはごめんこうむるよ
彼女　ただもうほんとうのことを話して
彼　もう話したよ
彼女　だれだったの？
彼　だれでもないさ
彼女　あなたって　すごい嘘つきなんだから
彼　きみは嫉妬深くないって言ったっけね
彼女　話をそらさないで
彼　きみはなににこだわっているのかね？　もうとうに話したことだよ
彼女　嫉妬なんてしてないわよ　ただ知らなくてはいけないというだけ
彼　きみはなぜ　そんな疑い深い心をしているのかね？
彼女　だれだったのか　知ってるのよ
彼　きみはかってに決めてしまったんだ。ぼくに言えるのはそれっきりさ
彼女　そういうことをぬけぬけとやってのけようと思ってるのね　あなたは
彼　ぬけぬけとやってのけることなんて　なにひとつありはしないよ
彼女　あなたはやったのよ　あなたがやったのを　わたし知ってるのよ
彼　違うったら

彼女　こんなこと認めたってよさそうなものだわ
彼　認めることなんて　なにひとつありはしないよ
彼女　彼女が自分でわたしに話したのよ
彼　知ってるよ　きみはそんなことをでっちあげているんだ
彼女　彼女が来て　自分でわたしに話したのよ
彼　きみはなぜそんな嘘に頼らなくてはならんのかね
彼女　あなたがほかのなにもかもといっしょに　わたしの現実感覚までぶちこわそうとしたって　だまってそうさせはしないわよ
彼　きみは妄想症患者(パラノイド)だよ
彼女　そういうことをぬけぬけとやってのけられはしないわよ
彼　彼女なるものは　きみ自身の妄想の産物なんだ
彼女　ちがうわよ
彼　きみは自分では意識してないけど　レスビアンなんだ
彼女　ちがうわよ
彼　きみは精神科医に見てもらうべきだな
彼女　ごまかして逃げたりしないで
彼　きみは強迫観念に憑かれているんだ

彼女　あなたはやったのよ　あなたがやったのを　わたし知ってるのよ

（間）

いますぐ彼女に電話をかけるわよ

（間）

あなたはやったのよ

彼　一度ね

彼女　あなたって　すごい嘘つきなんだから

彼　楽しんでやったわけじゃないよ

彼女　まあ　あなたって　すごいファックやりの嘘つきなんだから

23
ねえきみ　たのむよ　かんべんしてね

彼　ねえきみ　たのむよ　かんべんしてね
彼女　もうこれまでだって　あなたがなにをしても　かんべんしてあげてきたわ
彼　たのむよ　もう一度かんべんしてね
彼女　もうこれ以上かんべんすることなんて　なにひとつなくってよ
彼　ねえきみ　見限らないでくれよ
彼女　なんですって？
彼　ねえきみ　たのむよ　かんべんしてね
彼女　もうこれまでだって　さんざんかんべんしてあげてきたわ　だからおねがい
　疲れ切ってしまったの
彼　でもねえきみ　きみがかんべんしてくれなかったら　ぼくはお邪魔できやし

　　　　ないよ

彼女　こられないなら行くようにしてちょうだい

彼　でもねえきみ　かんべんしてくれないんなら　もう一度かんべんしてくれるように　ぼくはどうしてももう一度お邪魔しなくてはいけないんだ

彼女　けっしてかんべんしてなんかあげないわよ

彼　きみはじつに傲岸なんだなあ

彼女　もうこれ以上どんなことについても　けっしてかんべんしてなんかあげないわよ

彼　でもねえきみ　きみはほかにどうにもしかたがないんだよ

彼女　なんですって？

彼　きみはじっと堪えるってことができないんだ　気にするんじゃないよ　うまくいくだろうよ

彼女　わたしほんきなのよ

彼　かんべんするための材料を　なにかほかにあげることにしよう

彼女　わたしのためだったらいやよ　おねがい

彼　まるきりちがうよ。ぼくはこれからだって　きみの精神的成長を助けていってあげたいのさ

24

黙れ

彼女　同じことなのよ
彼　いやちがう
彼女　いいえそうよ
彼　あれをまた全部おさらいするのはやめようよ
彼女　けっこうね
彼　きみはなぜ　いつだって最後の一言を吐くのかね？
彼女　それはあなたのほうよ
彼　ありがとう

（間）

彼女　そんな言い方しないで

彼　きみはなぜ黙ることができんのかね？
彼女　あなたこそなぜ黙ることができないの？
彼　黙れ
彼女　あなたこそ黙って
（二人そろって）
彼　黙れ
彼女　黙って

25

絶えて　それは見たことがない
絶えて　それは聞いたことがない
絶えて　それは嗅いだことが、触ったことが、味わったことがない
絶えて　それは感じたことがない
絶えて　それは人の口の端（は）にのぼるのを聞いたことがない
絶えて　それは思いついたことがない
絶えて　それは夢に見たことがない
絶えて　それは欲しかったことがない
絶えて　それはなくて残念だったことがない
絶えて　それは失（な）くしたことがない
絶えて　それは見つけたことがない

26

孔雀が悲鳴をあげたのは　なぜ
　自分で自分の声を聞くため
孔雀が悲鳴をあげたのは　なぜ
　自分に自分の姿が見えなかったため

FOUR

27

どうにもしかたがない

彼女　どうにもしかたがないのよ
彼　しかたがないって　なにがさ?
彼女　こんななかに入りこんでしまうことがよ
彼　入りこむって　どのなかにさ?
彼女　もし言えるものなら　そのなかにいないでしょうよ
彼　どんなふうなの?
彼女　おそろしいのよ
彼　どんなに?

彼女　言えないわ。言えないからこそ　すごくおそろしいのよ
彼女　もっとがんばるようにしてごらん
彼女　最善を尽くしているのよ
彼　だがねえ　きみの最善はまだまだ足りないんだ
彼女　知ってるわ
彼　そのことにかけては　きみはひどく鈍磨してるんだ
彼女　わたしは絶望しているのよ
彼　ぼくたちの話はどこまで来ていたんだっけ？
彼女　知らないわ
彼　知らないって　どんなつもりで言っているの？
彼女　どんなつもりで言っているのって　どんなつもりで言っているの？
彼　きみはなにを言いかけていたのかな？
彼女　どうにもしかたがないって言いかけていたのよ
彼　しかたがないって　なにがさ？
彼女　こんななかに入りこんでしまうことがよ
彼　こんなってなにさ？
彼女　わたしたちがいまなかに入っているもののこと

彼　きみはいったいなんの話をしているのかね？
彼女　（沈黙）
彼　きみはなにかの話をしていたにちがいないんだが
彼女　言えないわ
彼　言えないわって　どんなつもりで言っているの？
彼女　言えないわ
彼　言えないって　なにがさ？
彼女　なにもかもちゃんと知ってるくせに
彼　知らないよ
彼女　知らないの？
彼　きみはなぜやめないのかね？
彼女　やめるって　なにを？
彼　気むずかしいことをさ
彼女　わたしは最善を尽くしているのよ
彼　だがねえ　きみの最善はまだまだ足りないんだ
彼女　尽くそうとしているのよ
彼　それならぼくの質問に答えるようにしたまえ

彼女　どういう質問なの？
彼　きみはなぜそんなに気むずかしいのかね？
彼女　わたしは気むずかしくはないわ
彼　きみはまさにそんなふうなんだな
彼女　わたしはなにもそんなふうじゃあないわ
彼　きみはまさにそんなぐあいなんだ
彼女　ちがうわ　わたしはなにもそんなぐあいじゃないわ
彼　いや　そうだよ
彼女　いいえ　ちがうわよ
彼　きみはどうにもしかたがないのかね？
彼女　どうにもしかたがないのよ
彼　いや　なんとかなるんだ
彼女　いいえ　しかたがないのよ
彼　それでいてきみは気むずかしくしてはいないんだね？
彼女　ええ　ちがうわ
彼　それならきみはなにものかね？
彼女　知らないわ

彼　きみはありのままのきみさ
彼女　わたしはありのままのわたしとはちがうわ
彼　きみ自身を受けいれたまえ
彼女　わたしはありのままのわたしとはちがうわ
彼　それならきみはなにものかね
彼女　（沈黙）
彼　それなら　そんなとこだな　きみの状態は
彼女　（沈黙）
彼　きみはきみ自身だよ
彼女　わたしはわたし自身とはちがうわ
彼　きみはなぜそんなに気むずかしいのかね？
彼女　わたしは気むずかしくはないわ
彼　ぼくとゲームをして遊ぶのはやめなよ
彼女　どうにもしかたがないのよ
彼　ただもう　うっちゃりなよ
彼女　うっちゃるって　なにを？
彼　そういったことをなにもかも

彼女　なにもかもって　なにを？
彼　知ってるくせに
彼女　知らないわ
彼　きみはなぜ　もっと自己中心的でなくできないのかね？
彼女　わたし自身なんてなくしてしまったわ
彼　きみはあんまりきみ自身のことを考えすぎるんだよ
彼女　どうにもしかたがないのよ
彼　きみは自己矛盾をきたしているよ
彼女　どうにもしかたがないのよ
彼　きみはなぜ　ぼくにきみをたすけさせてくれないのかね？
彼女　どうやって？
彼　もっと気むずかしくなくなることでだよ
彼女　どうやって？
彼　ぼくの質問に答えてくれたまえ
彼女　あなたの質問ってなんだったかしら？
彼　ぼくはさしあたり　質問に答えるのでなく質問をだしているんだ
彼女　それならあなたの質問ってなんだったかしら？

彼　きみはなぜ　そんなに気むずかしいのかね?

彼女　わたしは気むずかしくはないわ

彼　それならきみはなにが不満で苦情を言っていたのかね?

彼女　苦情なんて言っていなかったわ

彼　きみはなぜ　しじゅうぼくに楯突くのかね?

彼女　しじゅうあなたに楯突いてなんかいないわ

彼　たったさっききみはなにをしていたのかね

彼女　あなたと意見がちがったのよ

彼　きみはぼくと争わなくてはいけないという気になっているんだ

彼女　あなたと争おうとなんかしてはいないわ

彼　勝ち負けの問題ではないんだ

彼女　そうだなんて　けっして言わなかったわ

彼　それでいてきみはそれを気むずかしくないことと呼ぶんだね?

彼女　そうよ

彼　それでいてきみはゲームをして遊んではいないんだね?

彼女　そうよ

彼　それならなにごとにこだわっているのかね?

彼女　なにごとにだってこだわってなんかいなかったわ

彼　きみはなにごとかにこだわっていたにちがいないんだ

彼女　わたしはただもうこんななかから出られたらと思うだけ

彼　ほんとうのところきみはなにが不満で苦情を言っているのかね？

彼女　苦情なんて言っていないわ

彼　きみは物憶えがわるいのかね？

彼女　いいえ

彼　それならなぜ　思いだせないのかね？

彼女　思いだすって　なにを？

彼　きみはまたもや記憶をなくしてしまったんだ

彼女　なくしてなんていないわ

彼　きみがどんなに気むずかしくしているのか　きみにはわからないのかね？

彼女　ええ

彼　ぼくがきみをたすけようとしているのが　きみにはわからないのかね？

彼女　いいえ　あなたがわたしをたすけようとしているのは　わたしにだってわかるわ

彼　それならきみはなぜ　ぼくにきみをたすけさせてくれないのかね？

彼女　たすけてくださいっておねがいしたことなんか一度だってなかったわ
彼　きみが自分ひとりではこんななかから出られないのが　きみにはわからない
　のかね？
彼女　それこそわたしが言いかけていることなの
彼　それならきみはなぜ　ぼくにきみをたすけさせたがらないのかね？
彼女　あなたのたすけは溺れる者にとっての塩水のようなものよ
彼　そんなとこだな　きみの状態は
彼女　いいえ　ちがうわよ
彼　きみはなぜ　いまのきみみたいなのかね？
彼女　わたしはいまのわたしみたいではないのよ
彼　それならきみはどんなふうなの？
彼女　どんなふうでもないの
彼　きみはどうしようもないひとだね
彼女　どうにもしかたがないのよ
彼　しかたがないって　なにがさ？
彼女　こんななかに入りこんでしまうことがよ
彼　きみはなにが不満で苦情を言っているのかね？

彼女　苦情なんて言っていないわ
彼　きみは物憶えがわるいの？
彼女　いいえ
彼　それならなぜ　思いだせないのかね？
彼女　思いだすって　なにを？
彼　いつからそれを抱きつづけてきたかということ
彼女　抱きつづけたって　なにを？
彼　きみの苦情を
彼女　苦情なんて言っていないわ
彼　それならきみはなにをしているのかね？
彼女　どうにもしかたがないって言っていたのよ
彼　きみはなんとかなるんだ　ぼくはそう信じているよ
彼女　しかたがないのよ
彼　それは希望のことばだよ
彼女　希望がないのよ
彼　絶望してはいけないよ
彼女　どうにもしかたがないのよ

彼　しかたがないって　なにがさ？
彼女　こんななかに入りこんでしまうことがよ
彼　入りこむって　どのなかにさ？
彼女　こんななかによ
彼　じゃあ　こんなってなにさ？
彼女　こんな（間）こんななのよ
彼　きみはなんの意味もなさない言い方をしているね
彼女　知ってるわ
彼　それならなぜ　こんなふうに続けていくのさ？
彼女　やめられるものならと思うわ
彼　それならなぜやめないのさ？
彼女　どうにもしかたがないのよ
彼　もしきみがきみ自身だとしたら　こんなふうに続けていきはしないだろうにね
彼女　こんななかに入りこんでしまうのを　わたしたちがやめられるものならと思うわ
彼　どのなかにさ？

彼女　こんななかによ
彼　じゃあ　こんなってなにさ？
彼女　こんな（間）こんななのよ
彼　もっとはっきりわかるように言おうとしてごらん
彼女　できるだけはっきりわかるように言ってるわ
彼　きみはなにごとにこだわっているのかね？
彼女　なにごとにだってこだわってなんかいないわ
彼　きみはなにをやらかしているのかね？
彼女　わたしはなにもやらかしてはいないわ
彼　それならなにを言っているのかね
彼女　そのことなら　もうまえに言ったわ
彼　もう一度言ってごらん
彼女　もう十何回か言ったわ
彼　なんだね　そのことは？
彼女　こんななかから出られるものならと思うわ
彼　出るって　どこからさ？
彼女　わたしたちがいまなかに入っているところから

彼　なんだね　そいつは？
彼女　きりがないわ
彼　ぼくがきみをたすけようとしているのが　きみにはわからないのかね？
彼女　おお神さま
彼　どうかしたのかね？
彼女　あなたのせいよ
彼　きみはまたそんな状態に陥ってしまうんだな
彼女　わたしをそっとしておいて
彼　ぼくはきみをいじめてなんかいないよ
彼女　あら　いいえいいえいいえいいえ　あなたはいじめているわ
彼　きみは知っているんだよ　それがほんとうじゃあないのを自分が知っている
　　ということを
彼女　もうこれ以上わたしには自分が制御できなくなるんじゃないかと思うわ
彼　そうなったらきみは自分がなにをやりだすと思うの？
彼女　いつ？
彼　きみがうっちゃるとき
彼女　うっちゃるって　なにを？

彼　これをだよ
彼女　じゃあなんなの　これって？
彼　きみがいましていることだよ
彼女　ここにこなければよかったと思うわ
彼　きみは自殺したい気になっているの？
彼女　どうにもしかたがないらしいって感じだわ
彼　きみは自分の責任を否認しているんだ
彼女　あなたにはなにひとつ話すことができないわ
彼　なにもかもひっくるめた言い方は　しないようにしてごらん
彼女　だってほんきでそう言っているのよ
彼　たとえば
彼女　まるで壁か虚空を相手に話しているみたい
彼　きみ自身みたいなもうひとりの人格としてぼくの存在を認めることが　きみ
　にはできないんだね
彼女　そこにはだれひとりいないのよ
彼　ぼくは感じてるよ　そのことを
彼女　感じてるって　なにを？

彼　きみはそこにいないんだ
彼女　それがなんになるの？
彼　きみは鬱屈しているんだ
彼女　わたしは絶望しているのよ
彼　それというのも　きみはおとなしくぼくに助けてもらおうという気になれないからだよ
彼女　どうやって？
彼　きみにはぼくのたすけが必要なんだよ　きみにそれが必要なのをきみが悟れるようにたすけてあげられるのにさ
彼女　おねがい　わたしをたすけようとするのはやめて
彼　どうにもしかたがないんだ
彼女　しかたがないって　なにがなの？
彼　手を打てることって　どうやらたいしてないんじゃないかなあ
彼女　手を打つって　どういうことで？
彼　きみのことさ
彼女　わたしのことでなにかしてほしいなんて　おねがいしなかったわ
彼　それならきみはどういうことを求めていたの？

彼女　なにも求めてはいなかったのよ
彼女　それならきみはなぜここに来たのさ？
彼　わたしはこう言っていたのよ　わたしはいつだってどうしようもなく同じ場所にもどってきてしまうのって
彼女　きみはなにが不満で苦情を言っているのかね？
彼　わたしはただもうこう言っているのよ　あなたといっしょにいる一瞬一瞬がつぎに来る一瞬よりはましだわって
彼女　きみはいまや自分の感情を押しのけているんだ
彼　わたしはそんなことを感じてはいないわ
彼女　申しわけないね、ぼくは忘れてしまった、きみはどうにもしかたがないんだ
彼　これは恐ろしいことなのよ
彼女　きみはなにごとを感じることもできないのかい？
彼　おねがい　わたしになにかを感じさせようとしたりしないで
彼女　知っているよ　きみは本気でそんなことを言うつもりはないんだ
彼　ほんとうなのよ　わたしはなにかを感じたいなんて思わないのよ
彼女　きみはロボットかい？
彼　おねがい（手をのばす）ロボットじゃないわよ

彼　きたならしいロボットなんかでぼくの貴重な時間を浪費したくはないからね

彼女　ロボットじゃないわよ

彼　それならロボットみたいにふるまうのはやめたまえ

彼女　どうにもしかたがないのよ

彼　そうかもしれないね

彼女　なんとかなるんだったら　ここに来たりはしないでしょうよ

彼　ぼくはたすけようとしてるんだよ

彼女　気をわるくしないでよ

彼　うぬぼれるんじゃないよ

彼女　しないようにしたわ

彼　なにをしないように？

彼女　あなたの気をわるくさせたりしないように

彼　ぼくは気をわるくしなかったよ

彼女　気をわるくさせたような気がするの

彼　きみは幼児的万能の段階にあるんだ

彼女　あなたの気をわるくさせたかしら？

彼　どうやって？

彼女　言えないわ
彼　言えないって　なにが？
彼女　どうやってあなたの気をわるくさせてしまったかが
彼　きみはぼくの気をわるくさせたような気がするんだね？
彼女　ええ
彼　きみはたったいまぼくの気をわるくさせたような気がしたんだね？
彼女　たしかじゃあないのよ
彼　たぶんきみの空想だったんだね？
彼女　たぶんね
彼　たぶんちがうんだね？
彼女　わたしの空想ではなかったのよね？
彼　きみはまたやってるな
彼女　どう？
彼　きみはいまやってるな
彼女　なにを？
彼　なにもかもちゃんと知ってるくせに
彼女　いいえ　知らないわ

彼　ここでそしていま
彼女　あなたがなにごとを話しているんだか　わからないわ
彼　やめたいと思うかね？
彼女　やめるってなにを？
彼　まさにこの瞬間にきみがしていることをさ
彼女　生きることね
彼　きみはいまきみがしていることを生きることだなんて呼ぶのかい？
彼女　最善を尽くしているのよ
彼　だがねえ　きみの最善はまだまだ足りないんだ
彼女　どうにもしかたがないのよ
彼　しかたがないって　なにがさ？

FIVE

28

この錠剤をのみたまえ
叫ばないですむようにしてくれるよ
そいつはいのちを奪い去ってくれるよ
いのちがなければ　きみはもっと楽な身になるさ

29

きみのこまったところは
ねじが一本抜けちまってることさ
お気の毒ながらそれがきみなんでね
だが手の打ちようがなにもありやせんて
いなくなってどうということもなかろうし
取り替え用の部品もないことだし
大騒ぎするんじゃないよ
ただ言いなよ　さよならを
きみを助けられなくて気の毒だがね

きみを作り直すとなると費用がかかりすぎるんで
きみは廃棄されなくてはならない
叩き毀(こわ)されるために出頭せい

30

彼がしようとしているのはわたしを楽しませることなの？
わたしをめんくらわせたりこまらせたりすることなの？
彼がわたしの家へ花を持ってきてくれるのは
わたしをすりへらすためなの？

ぼくが彼女に愛しているよと言ってやるのは
ぼくが彼女を憎んでいるからさ
ぼくがいま彼女によくしてやるのも
あとで彼女をばらすためなのさ

彼がわたしにキスしたりかわいがったりするのは
ただもうわたしをどぎまぎさせるためかしら？
もしわたしが自分の喉を掻っ切るとすると

彼はわたしを手伝ったりけしかけたりするのかしら？
彼女がいなくなってみな
ぼくはさっさと彼女を忘れちまって
獲物あさってうろつきまわり
もっとましなのをなにか見つけるだろうて

31

彼女はぼくに汚ないことをする
だからぼくは彼女に汚ないことをするんだ
彼女はぼくのあとをつける
だからぼくは彼女のあとをつけるんだ

32

世間で言うには　善意ってやつは
地獄への道普請になりもする
もしなにごとかにするだけの値打ちがなければ
そいつにはちゃんとする値打ちなどありはせぬ

33

わたしは夢を見た　わたしは蝶々になっていて
そいつはわたしになった夢を見ていた
そいつが鏡のなかを覗きこむと
そこにはなにひとつ見えはしなかった

「おまえ　嘘つきめ！」
　　　　わたしは叫んだ
そいつは目ざめて
　　　　わたしは死んだ

34

ときおりわたしは来る
ときおりわたしは行く
だがどちらがどちらとも
わたしは知らない

ときおりわたしはあり
ときおりわたしはいない
だがどちらがどちらとも
わたしはわすれた

35

わたしは夢を見た　わたしは死んだ鼠になっていて
都市の下水道のなかにいた
わたしは錆つきだして
埃と化していって
しまいにもういなくなった

36

なぜいるんだ　彼女は
　なぜいる　ぼくは
なぜなぜなぜなぜなぜなぜなぜなぜなぜなぜ
ぼくにはこんなことさえ見ぬけない
　のみはなぜ
　　こうちびなんだ
　　　死ぬときに
ぼくがどこにいるのかは
　さておくとして
なぜいるんだ　彼女は

なぜいる　かれは

なぜなぜなぜなぜなぜなぜなぜなぜなぜ

ぼくにはこんなことさえ見ぬけない
　ぼくがおしっこするときに
　　それはどこへ行くのか
　　　死ぬときに
ぼくがどこにいるのかは
　さておくとして

37

お母ちゃんは悲鳴をあげるだろうな
もしきみが夢を見て濡らしたら

なんじ欲求不満をして
自瀆（じとく）に至らしむるなかれ

ちびのビリーちゃんが
いじって遊ぶのはあの子の仕掛けなんだ
そのせいであの子はおばかさんなんだ

38

やあ（気安く）
うんそうだ（心ここになく）
いいえ（好奇の色もなく）
ほんとうに（いくらか驚いて）
だれのでしたかね（礼儀上）？
わたしのです（信じきれないように）！
いつ（挑むように）？
ほんとうに（興味を抱いて）
あはは（思いだしながら）
ううむ（思いにふけって）
わたしに話しておくべきでしたね（皮肉に）
あなたのために手に入れてあげられなくてなんとも残念（大喜びしながら）
さあそこだ（陰気に）

ときには電話をください（義務的に）
いつだって別のを手に入れられるんですよ（乱暴に）
それが人生というもの（セ・ラ・ヴィ）さ（慰めるように）
さようなら（心底から）

SIX

39

たのしみはどこにある？
おもしろいことはどこにある？

これはただたんにひとつづきの
長くてくだらぬ競走にすぎないのか？

よろこびのように見えたことも
これまたもうひとつの囮（おとり）なのか？

ぼくがかつてきみの姿を見て
おぼえた歓喜はいまいずこ？

今夜のあとに続いて
朝がきっと来るの？

40

賽（さい）は投げられて
きみは息を引き取りかけ
もうさまようことはなかろう

きみの息からたちのぼる臭いは
地獄からまっすぐ来たものだ
きみは見つけた　きみの〈懐しのふるさと〉を

41

あなたはどなろうとわめこうとかまわないわ
わたしは　あなたの奴隷でいようとか
詰めこむときの隙間のひとつでいようとか思ってはいませんもの
うんこをするのに使うのなら　新しい痰壺だって
それともなにか別のものにしたって
早すぎることなどありはしませんもの

42

寒くて霜の降る朝だからって
頭のなかまでぐにゃぐにゃにして
寝床で横になっているのはなぜなのよ?

あかりの反対側というのは
あまりあかるくないもんだな
ジプシーの警告など気にかけなかったとも

43

わたしがあなたにさわったら
あなたを傷つけるのかしら？

あれは身ぶるいだったの
それともふるえだったの？

わたしに教えてよ　どこでなら
あなたはそばにいてくれるのかしら

わたしをいじめていいわ
わたしを追いまわしていいわ
あなたがわたしをほしがるうちは

44

わたしが死ぬと
あなたは泣くでしょう

わたしが行ってしまうと
あなたはあくびするでしょう

熱愛されないと
あなたは退屈するでしょう

45

指を組みあわせたまえ
悲しい身の上を話したまえ
あなたの鼻の両わきのあたりを
さりがてにしているのは　数々の嘘
もしもカインにそれができるものならば
あなたに　薔薇の花をささげもするだろうが

46

あれはキスだったの？
それとも深い谷底からの
しゅうしゅういう音？

47

はつかねずみを食べるのが好きだったが
あれはなんでも
ぼくが十歳のころ
いま食べるのは人間だけど
あんなにうまくはないんだな

48

言いあてることができたな
　　ぼくはきみの目を見て
きみは落ちてきたのさ
　　大空からねって
　　青いところからだよ
　　きみがいたのはあそこ
だけどぼくは知ってた　ほんとうはそうじゃないって
そしてきみは飛び去った
　　遠いかなたへ

SEVEN

49

デイジー、デイジー
ぼくたちこれからどうしたらいい？
ぼくはなかば狂ってるよ
恋してしかも憎んでるよ　きみのことを

ぼくはこんなにちぐはぐなのに
とにかく妖精ではない

ぼくたち　もし別れたりしたら
ぼくの心臓は割れちゃうだろうな
もうとっくに二つに裂けているよ

50

あなたはこれからこっぴどい目にあうのよ
あなたはこれから一生後悔して暮らすのよ
　もしわたしと結婚しようものなら
　もしわたしと結婚しようものなら

あなたはわたしをさっさと忘れるわけにはいかないわ
わたしはあなたを残念がらせ、あなたを心配でたまらなくさせるわ
　もしわたしと結婚しようものなら
　もしわたしと結婚しようものなら

わたしはあなたを蠅みたいにぺちゃんこにするのよ
あなたをぐちゃぐちゃにしてのたくらせてフライにしちゃうのよ
　もしわたしと結婚しようものなら

　もしわたしと結婚しようものなら
わたしはあなたをへなへなにさせてこてんぱんにやっつけるのよ
そしてじっくり腰を据えてあなたを憎んであげるのよ
　もしわたしと結婚しようものなら
　もしわたしと結婚しようものなら
わたしたちはみじめな暮らしを暮らすことになるのよ
　もしわたしと結婚しようものなら

51

あんたはね　すてきにかわいい陽気なしろものだったわよ
できることってただささえずるだけの小鳥だったわよ
だけどねえ　楽しさだって過ぎれば飽きがきだしたのね
それというのがあんたは男の子でなかったからね
ある鐘がどうしても鳴ろうとしなかったわ

あんたはきれいで安全なおもちゃだった
刺そうにも針のない蜜蜂だった

わたしは運を試してみたのよ
ほかにもロマンスをいろいろ

わたしたちは戦ったわ

わたしはわたしが正しいのを証拠立てたわ
あんたは二番目にだいじなものだったのにね
でもいまではあんたは去っていってしまったのね
わたしは糸がなくなったヨーヨーなのよ

52 贋導師(にせグールー)の妻の歌

みなさんが思いこませようとなさるとおりに
それがたやすいことでありさえすれば
わたしはいつでも浮き浮きご機嫌でいますのに
　そして回りますともぐるりぐるりぐるり
　そして回りますともぐるりぐるりぐるり

　ところが

あのひとのチャクラ*は鋸屑がびっしり
あのひとのクンダリーニ**は黐(とりもち)がべっとりついてとぐろ巻き

あのひとの第三の目に詰まっているのは砕けガラス
　そしてわたしにはどうしたものかわからず

わたしは皿洗いをしていたり
子どもたちを連れだして遊ばせたりするときには
死んだほうがましと感ずることもたびたび
　ものごとがこの調子で続くようなら
　ものごとがこの調子で続くようなら

　それというのが

あのひとのチャクラは鋸屑がびっしり
あのひとのクンダリーニは黐がべっとりついてとぐろ巻き
あのひとの第三の目に詰まっているのは砕けガラス

＊　ヨガの用語で、生命力を宇宙から受容する超感覚的神経組織の中枢。
＊＊　ヨガにおいて脊髄最下端に潜在する《蛇の力》を象徴する女神。

　そしてわたしにはどうしたものかわからず

わたしが朝になって目を開けたり
夜中に目をぎゅっとつむったりするときには
ほらあのひとは嘲笑いからかいそして流し目を使い
　そしてあのひとから来るのはいやらしく白いぎらぎら
　そしてあのひとから来るのはいやらしく白いぎらぎら

　それというのが

あのひとのチャクラは鋸屑がびっしり
あのひとのクンダリーニは黐がべっとりついてとぐろ巻き
あのひとの第三の目に詰まっているのは砕けガラス
そしてわたしにはどうしたものかわからず

あのひとの血管は水銀でふさがっています
正しくないことだとわたしは確信していますわ

地獄の鐘にあのひとを悼んで鳴ってもらいます
　それというのがあのひとの心のなかは夜の闇
　それというのがあのひとの心のなかは夜の闇

　それというのが

あのひとのチャクラは鋸屑がびっしり
あのひとのクンダリーニは黐がべっとりついてとぐろ巻き
あのひとの第三の目に詰まっているのは砕けガラス
そしてわたしにはどうしたものかわからず

53

おれは月をほしがって気が遠くなった
　　　だが月は手に入らなかった
おれは海におしっこした
　　　だが海は濡れなかった
おれは太陽を棒で突っついた
　　　だが穴がひとつできただけだ
だが
おれはとろいかもしれないが
もし海が泳ごうとしたら

おれは海を網でつかまえてやろう
おれは星を飲みこんだ
しかしまだ腹はぺこぺこ
おれは歳月を巻き返した
しかしまだあしたがある
おれは神に役割を振ってやろうと言った
だが神はおれにはどうも手にあまるのだ
おれは袋のなかの豚さ＊
おそろしくまずい冗談だ
とてもつきあいきれぬ

＊　原文には I'm a pig in a poke とある。英語の成句《to buy a pig in a poke》（まえもって品物を見たり、ことがらを確かめたりしないで、なにかを買ったり、手に入れたり、承知したりすること）を踏まえている。

54

賃貸しの女の子たちって
おれには満足がいかなくって
だからおれ用のを発明したわけさ

スイッチを入れれば動いた
スイッチを切れば止まった

あの子が相手だと　おりゃあまったくの伊達者（だて）よなあと
いつだって感じ入っていたものよ
　　だがいまじゃあ嘆くのはおれの夜ときた

あの子はだいたいがプラスチック製で
動脈は若々しく弾みがあって

ところで声は電子的に単調だったな
あの子にはかわいらしい穴があって
あそこはたやすく操作できた

おれはあの子をかわいかわいしようとした
あの子がだんだん好きになるばあいに備えてさ
　だがいまじゃあ嘆くのはおれの夜ときた

おれはあの子の作り主だったんでね
もしあの子が電話に答えなければ
こわしてやれるわけだった

ある日おれはこわしたんだ　あの子の心臓を
だがおれはなくしていてなあ　予備の部品を
そのときなんだな　あの子は作動しなくなるし

それからおれはおれでだめになっちまうし
だからいまじゃ嘆きに嘆くのはおれの番ときた

55

道をどんどん歩いていたら
わたし出会ったの、男で、牡牛で、神だったわ
あのひとね　わたしをさっと天国にさらっていって
自分のおめかけにしちゃったのよ
でも奥さまにはそれがお気に召さなくて
だからさ　いまのわたしの豚よりひどいこと
あのひとね　わたしに地球を約束してくれて
プレゼントだなんて空をくれたのよ
わたしに月光をさしだして
はずかしかったら身につけろって言うの

あのひとが言うには　わたしは宝
金なんかで買えるもんじゃない
わたしを笑わせる仕方をちゃんと心得てたわ
ときもときわたしを泣かせたそのときに

あのひとね　わたしに教えてくれたの　心配するな
おれがきたときにはそんなこと忘れちまえって
あのひとの考えではね　あのひとの名前は
赤ちゃんにつけないほうがよかろうだって

56

騎士たちは大胆不敵
そして女どもはおりしも発明の途上にあり
そんな昔々の日々のことだった

彼らはそれぞれ妻に鍵をかけて
さて　命惜しさに逃げ帰ってきて
でもけっして満足はしなかった

いまや星霜（せいそう）移りにけりとやらで
だからそんな昔の騎士たちも
もう装甲に身を固めてはいないんだ

あなた　来るまえにはね

お尻を拭いて　そしてもう
マスタベーションしないで　とくるんだ

これからだってしあわせな日々がまた来るかもしれない
われわれはただまぐわいのためにだけできていはしない

だがわれわれはいま
一敗地にまみれねばならないのだ

ご婦人がたを待たせておくわけにもいかないし

しかりしかして
しあわせな日々がまた来るかもしれんて
そのことならきみたちは確信していいのだ

あのころ　女は女で
そして男は男で

そしてわれわれにはまじりけなしのこやしがあったが

57

ぼくはセント・ジェームズ病院にでかけていった
そこで死にかけているぼくの恋人を見舞おうと
ぼくはセント・ジェームズ病院にでかけていった
そこで死にかけていたのはぼく自身のほんとうの恋人

それは朝のうちにした最初のこと
陽も月も両方いっしょに出ていた
それは朝のうちにした最初のこと
瀕死の目をじっと見つめるぼくをあとに　彼女は去った

それはセント・ジェームズ病院を下へ降りたところ
それが正しいなどとだれにわかるものか
彼らは許そうとしなかった　ぼくが彼女にキスするのを

彼女はここにはいないのだと彼らは言った
彼らは彼女自身のなつかしいからだを持ちあげ
彼女自身のなつかしい鼻に詰め物をした
彼女の足指をいっしょに結び合わせ
ぼくに彼女の衣服を持っていかせようとしなかった

もしかするとぼくにはそれが見えないのか
だが彼らがぼくに気をつかっていたとは思えない
ぼく自身のほんとうの恋人がぼくをあとにしたものだから
ぼくはそこによるべなく立っていたのに

58

第六次元からの避難者らよ
諸君が過去の回想とはなにかを
口にするときには気をつけること

子宮は
墓穴（はかあな）
死
はわれらの最初の息

炉から出て
入ってゆくのは泥沼のなか
フライパンから出て
入ってゆくのは火のなか

諸君はそれを悔いるかもしれないが
それとも、もっとうまくいって、忘れるか
それとも色があせて栄光のない
物語を語るのかもしれない

しかしもし諸君がそれを告白したり
彼らが知りたく思っていないというのに
話して聞かせようとしたりすると
彼らは諸君をおしっこに漬け
こぬか雨のなかでかりかりに揚げ
雪のなかでフライにしてしまうぞ
なぜなら彼らのほうが濡れているということは
諸君のほうがましだという意味にはならないからだ

力をこめて話すのは
独断的ということではない

懐疑的であるのは
風変わりなことではない

ひとりの人間の歓喜
はもうひとりの人間の歎き

諸君の幻覚
は彼らの地歩を越える

EIGHT

59

たゞいまの
永遠（とは）にこそあらね
ときとして
まさりてあるか
絶えてなきには

Now
if not forever
is
sometimes
better than never

60

きみの目のなかに一角獣がいるって?
嘘は言うなって

めかじきはお月さまを
刺し貫いたのでしょうか
すぐに返事をしてよ

61

ぼくは禅の病(やまい)のために
飛ぼうと試みるときに

ときには低いところにいる
そしてときには高いところにいる

ときにはなかにいる
ときにはそとにいる

ときには歌う
そしてときには**叫ぶ**

ときにはただもうのらくら過ごす

ときには地下をもぐって行く

しかし

それでもやはり
ぼくは告白しなくてはならない
どうやらなにもかも　次善の策より
さらにいっそうみすぼらしい

その人のためなら　よろこんで
ぼくの鼻をつまんでやろう
そしてぼくの髪の毛を引っ張ってやろう
という気になれるほどの人もいなくて

62

愛は似る　降りくる雪の　地に落ちて
落つればただに　消えもてゆくに
さなりとは　語りたまふな　たばかりて
愛はとこしへ　飛びゆくは時

Love is like the falling snow
once it comes it has to go

never say so, it's a lie
love's forever, 'tis time must fly

NINE

ぼくは悲鳴をあげるつもりだ

63

ぼくはくたびれはてて死ぬ
ぼくは生まれたことがないのだ

ぼくは否認する
ぼくは一羽の蝶々だ

ぼくは一点のしみ
ぼくは存在していない

ぼくはだれひとり戦わなかった戦いだ
ぼくはだれひとりひかなかった風邪だ

　ぼくは
みずからに任命せられて
　主の
祝福を受けたる者
　キリスト

ぼくはくそのかたまり
　ぼくは不条理

ぼくはだれかほかの人の夜のなかに
　きらきら光っている光

ぼくは解きようのない謎だ
ぼくは中心がどこにもない穴なのだ

ぼくは行こうとする　地獄へ
　わめくため
　そして臭うため

ぼくはおしっこをするときは
ヴァイオリン弾き弾きだ

　ぼくはとんちき
ぼくはたったひと口

ぼくはつむじまがり
小指そっくりに

ぼくは名なしの一輪の花だ

それでも育つことは育つが
　ぼくは威張って膨れあがった
　　ひとつまみの毛屑だ
遊戯を教わったこともないままに
ぼくが立ち去ったのは来もしないうち
　　　ぼくは
　　悲鳴をあげる
　　　つもりだ
　ぼくは神から忘れられた
　　ひとつの点だ
ぼくはもう修理が利かないのだ
　ハッピ・エンドなのだ

TEN

64

好き？　好き？　大好き？

彼女　好き？　好き？　大好き？
彼　うん　好き　好き　大好き
彼女　なによりもかによりも？
彼　うん　なによりもかによりも
彼女　世界全体よりもっと？
彼　うん　世界全体よりもっと
彼女　わたしが好き？
彼　うん　きみが好きだ

彼女　わたしのそばにいるの　好き？
彼　うん　きみのそばにいるの　好きだ
彼女　わたしを見つめるの　好き？
彼　うん　きみを見つめるの　好きだ
彼女　わたしのこと　おばかさんだと思う？
彼　いや　きみのこと　おばかさんだなんて思わないよ
彼女　わたしのこと　魅力(ミリキ)あると思う？
彼　うん　きみのこと　魅力(ミリキ)あると思うよ
彼女　わたしといると退屈になる？
彼　いや　きみといると退屈にならないよ
彼女　わたしの眉毛　好き？
彼　うん　きみの眉毛　好きだ
彼女　とっても？
彼　とっても
彼女　どっちのほうが好き？
彼　一方といったらもう一方がやっかんじゃうよ
彼女　言わなきゃだめ

彼　両方とも言いようなくすてきだなあ
彼女　本気？
彼　本気
彼女　わたしの睫毛　すてき？
彼　うん　すてきなすてきな睫毛だ
彼女　それっきりなの？
彼　言いようもなくみごとだよ
彼女　わたしの匂いをかぐの　好き？
彼　うん　きみの匂いをかぐの　好きだ
彼女　わたしの香水　好き？
彼　うん　きみの香水　好きだ
彼女　わたしのこと　趣味がいいと思う？
彼　うん　きみのこと　趣味がいいと思うよ
彼女　わたしのこと　才能があると思う？
彼　うん　きみのこと　才能があると思うよ
彼女　わたしのこと　怠けん坊だと思わない？
彼　うん　きみのこと　怠けん坊だなんて思わないよ

彼女　わたしにさわるの　好き？
彼　うん　きみにさわるの　好きだ
彼女　わたしのこと　おかしいと思う？
彼　だって　そこがいいんだなあ
彼女　わたしのこと　笑いものにしてる？
彼　いや　きみのこと　笑いものになんてしてないよ
彼女　ほんとうに　好き？　好き？　大好き？
彼　うん　ほんとうに　好き　好き　大好き
彼女　言って「好き　好き　大好き」って
彼　好き　好き　大好き
彼女　わたしを抱きしめたいと思う？
彼　うん　きみを抱きしめたい、きみを抱いてなでまわしたいよ、
　　そして鳩どうしみたいにキスしたり甘い声で話しあったりしたいな
彼女　これでいい？
彼　うん　これでいいよ
彼女　誓ってくれる？　けっしてわたしを置きざりにしないって
彼　いつまでだってけっしてきみを置きざりにしないって誓うよ、胸のうえに十

字を切るよ、
そして嘘をつくくらいなら死ねたらと思うよ
（無言）
彼女　ほんとうに　好き？　好き？　大好き？

訳者あとがき

石となれ石は怖れも苦しみも憤りもなけむはや石となれ
我はもや石とならむず石となりて冷たき海を沈み行かばや

戦後の飢えの季節に、ある大判の文芸雑誌のなかにこれらの歌を見つけたとき、私が受けた衝撃はいったいどういう性質のものだったのでしょうか。三十年の歳月を経たいま、私はもうそのときの目をみはる思いを正確に復元することができません。しかし、これらの歌に出会ったという記憶だけは残っていて、いまもレインの説く《石化》の現象について考えようとして、その古いおぼろな印象が靄(もや)のように心の底から浮かびあがってきたのに驚きました。

中島敦と言えば、だれもが『山月記』や『李陵』を思いだすことでしょう。彼はまた「石とならまほしき夜の歌八首」の作者でもあるのです。この連作には、青年期のある種の心情の原型ともいうべきものが認められます。いかにも、中島敦の作品として鑑賞するつもりなら、彼の歌稿の大部分が書かれた昭和十二年末という時代相も考慮に入れなくてはなりません。その年の七月七日に盧溝橋事件が突発し、その火種がみるみるうちに広がって、第二次上海事変は北支事変となり、北支事変は日支事変となって、日本はやがて抜きさしならぬ泥沼にのめり込んでいったのでした。しかし、この歌に刻みあげられている思いは、あの時代の暗さから切り離しても、なおかつ読む人の心を捉える力をもっています。

レインの本のための「訳者あとがき」を中島敦の歌から始めたのは、彼の歌に凝縮されている原型的な感情がレインの読者にもなにかしら訴えかけるはずだからです。ひるがえって思えば、《石とならまほしき夜》を経験したことのない人は幸せです。そういう人は、対人関係の行き違いを苦にして身も世もあらぬ思いをしたこともなければ、余計者として社会の正常な軌道から切り捨てられているわけでもありません。そういう人は強固な人格に恵まれていて、他者との応対も潤滑ですし、能力が豊かで、社会のためにひとりの人間として応分の寄与をしてゆくことができます。そういう人には、冷厳な機構の犠牲となった弱い人への優しい思いやりもあるはずです。

じっさい、弱い人はどこにでもいます。すぐれた精神医学者であられた島崎敏樹先生がどこかで書いておられたように、機構が支配する世界においては、自分が社会の歯車だと思えたらいいほうで、たかだか一本の小さいねじ程度のものでしかないとしか考えられなくなることがあるものです。そんなとき、人は必死になって、自分の人格の独立を願い、人格どうしの連帯を求めるのです。『結ぼれ』の「訳者あとがき」でも述べたとおり、今日の社会にあってはマルティン・ブーバーのいう《人格的相互関係》の存立が困難になっているので、圧しひしがれそうになった人格の悲鳴がいっそう鋭く聞こえてくるのです。

物品として扱われることに怒りをおぼえ、まして回収不能の廃品として処分されそうになって恐怖に駆られるとき、しかも《人格的相互関係》を求めてのあがきが無駄だとわかったとき、人は《石とならまほしき》思いを噛みしめるにいたります。その思いが一方的に進行するとき、ついにレインが『ひき裂かれた自己』で述べている《石化》の現象が始まるのです。《石とならまほしき》思いを歌うことができるほど、詩人としての表現力に恵まれていて、みずからの内的経験に整った形を与えられれば、救われもします。ところが、妄想という名の内的経験が心に根を張り、侵蝕作用を仮借なく続けるとき、病者の内面にレインのいう石化現象が生ずるのです。

レインが『結ぼれ』（一九七〇年）や本訳書のなかで示している数々の人間模様のなか

には、石化への恐れ、すなわち《生きた人間から死んだ物に、つまり行動の人間的自律性を欠いた死物、石、ロボット、オートメーションに、主体性のないものに変わる、ないしは、変えられる可能性についての恐れ》（阪本健二・志貴春彦・笠原嘉の三氏の訳による）に憑かれた病者の苦悩を反映したものが見られます。

ひとつだけ例をあげておきましょう。この訳書のなかで、いちばん長い作品は「27 どうにもしかたがない」です。ここで対話を交わしている二人の人物は、精神病医と精神病患者なのでしょう。精神病医らしい《彼》は、ときに恩着せがましく、ときにかさにかかった口の利き方をしています。「ぼくはさしあたり　質問に答えるのでなく質問をだしているんだ」などと言えるのは、自分がいちだんと高い所に立っているように感じているからでしょう。ところが、この対話はどうどう巡りばかりしていて、支配力をちらつかせている《彼》は相手をますます深い混迷に追い込んでいきます。これでは、いやでも石かロボットにならざるをえないでしょう。医者の仕事というのは、目の不自由な人の手を引いて、無事な所まで連れてゆくようなものであってほしいのに、《彼》にはどうやらそういう親身な姿勢が欠けているようです。

レインはこの対話のばあいには、従来の一部の精神病医に見られた、患者の人格を無視して、せいぜい聞き分けのない子どもぐらいにしか扱わない態度を戯画化しているのでしょう。そのほか「28」や「29」にも、弱者にたいする切り捨て御免の態度への怒りが認められます。レインがこれらの作品において見せつけている、精神病医を初めとする管理者・支配者にたいする告発の姿勢は、さっきから引き合いに出している『ひき裂かれた自己』以来のものです。その第二章にクレーペリンの講義の模様が紹介されています。クレーペリンは学生たちのまえに年少の患者を連れだして、まるで見世物師が奇型児の説明でもするような口調でその症状を解説します。クレーペリンのそういう講義ぶりにたいするレインの批判には、痛烈な怒りがこもっているのです。

レインを初めて読む方のために、このあたりで原書巻末の著者紹介をお目にかけましょう。

「R・D・レインはグラスゴー大学で医学を学んだ。英国陸軍勤務の精神科医、グラスゴー王立精神病院の医師を経て、グラスゴー大学の教員となった。その後、ロンドンのタヴィストック・クリニックに加わり、さらに同地のランガム・クリニック所長に任命された。一九六一年から六七年にかけて、彼は家族研究を企て、いまは精神分析医として個人診療に携わっている。

一九六四年以来、レイン博士はフィラデルフィア（友愛）協会会長を務めている。この団体の重立った関心事は、聖域（アシラム）・駆け込み寺・避難所・居住の場としてのホーム（ハウスホールド）を設立することにあった。そこで暮らす人たちは、精神的にきわめて辛い状態にありながらも、《治療》によって悩まされることなく生きていけるのである。

彼はあまたの論文や批評を書いている。著書としては、本書以外に、『ひき裂かれた自己』、『自己と他者』、『理性と暴力』(デイヴィッド・クーパーと共著)、『狂気と家族』(アーロン・エスターソンと共著)、『対人間知覚――研究の理論および方法』(H・フィリップソンおよびA・R・リーと共著)、『経験の政治学』、『家族の政治学』、『結ぼれ』、『人生の事実』がある。」

レインにたいする関心が、わが国でも数年前からかなり強まってきました。それというのも、一九六八年のフランスの五月革命と並行して起こった全共闘運動を初めとして、社会の歪みに対抗するための暴発的な直接行動がさかんになったので、このような状況を生ぜしめる社会機構上の矛盾の分析が急務となったからです。そのさい、精神分裂病患者の経験を了解しようとする作業から始めて、これらの病者を作りだした家族や社会の告発へと移っていったレインの著作がにわかに脚光を浴びました。

たとえば、彼は『家族の政治学』(一九七一年)のなかでこう述べています。――「進行中のことがらを発見しようとすると、家族内に一致協力して抵抗が生ずる。そして、だれをもかれをも闇のなかに閉じ込めておこうとする複雑な策略がいろいろ繰りだされる。そして、闇のなかであるからには、闇のなかに隠れて見えないのである。」家族が

——ひいては社会が——尊敬・画一性・服従を促進するための策略を練っているとして、レインはこれらの策略をあばきだすために豊かな想像力を駆使いたしました。デイヴィッド・クーパーもまた、レインと並んで、社会を支えている、家族に根ざす支配構造の告発に努めてきました。

要するに、レインやクーパーの反精神医学は、体制的な文化の虚偽をあばいて、圧制の犠牲者を救いだすことを目ざす対抗文化としての特徴を有するものです。しかし、対抗文化の一般的傾向として、既成秩序の打倒を急ぐあまり、破壊のための破壊に堕して自縄自縛（じじょうじばく）に陥る危険があります。レインのキングズリー・ホールにおける《ハウスホールド》の実験にしても、結果的には無責任な中絶に終わったのではないかという疑いを拭い去るわけにいきません。

ジョフリー・V・グレイという精神分析医が、タイムズ・リテラリ・サプルメント誌（タイムズ文芸付録）第三九四九号（一九七七年十二月二日付）において、アンドルー・コリア著『R・D・レイン——精神医療の哲学と政治』を書評しています。グレイはその書評記事のなかで本訳書の「10 寓話 Ⅱ」を引用して、この掌篇がレインの文芸作品をたいへんよく代表していると語っています。彼はさらにこう述べているのです。

「彼〔レイン〕の詩に登場する大人は、いつも《ジャック》とか《ジル》とか名づけられている。それというのも、レインはわれわれが彼らのことを——少なくとも心理的には——子どもとみなすようにもくろんでいるからである。これらの子ども大人は典型的に振舞って、欺瞞の網にかかってしまい、いわば幻想(マーヤ)の帷(とばり)に取り巻かれている。」さらにグレイは、レインが普通人を軽蔑しきっているとも語っています。「《ジャック》と《ジル》はよくて子ども、まずくゆくと鏡の迷路にはめこまれたパズルの小片なのである。」そして、普通人の普通の経験はレインから見れば愚かな錯誤のようなものではないのか、というふうにグレイは疑っています。

またグレイは、レインの思想に底流する単純な善悪二分法を指摘して、家族や精神病医は悪で、その犠牲者たる精神分裂病患者は善だ、というたぐいの《粗雑な考え方》を批判しています。

レイン批判といえば、精神医学者で、レインの本を何冊か翻訳されてきた笠原嘉氏が、「R・D・レイン氏」と題する文章（『精神科医のノート』——みすず書房、一九七六年——所収）のなかで、臨床家としての疑問をいろいろ述べておられます。精神医学の素人は、レインの《かっこよさ》に眩惑されることなく、科学者としての立場から発した疑問や批判にも耳を藉(か)さなくてはなりません。それにしても笠原氏が言われるように、一九六五年四月に始まって一九七一年ごろまで続いたキングズリー・ホールの実験にかんして、もっと詳細なレポートが提出されないうちは、日本の医学者としては的確な判断の下しようがないでしょう。

R・D・レインは、キングズリー・ホールの冒険が一段落したところで、心身の休養のために一九七一年に東洋へ行きました。セイロンで六ヵ月、インドで七ヵ月、家族とともに休暇を過ごしたのです。彼はこの時期のことについてこう語っています。――「私は向こうで、要するに特殊な瞑想訓練法を実践することができました。大部分の時間をとりたててなにもせずに過ごしたのです」（「みすず」第一六八号〔一九七三年十―十一月号〕所載、「気が違っているのはだれか」――エクスプレス紙によるレインとのインタヴュー記事――参照）。ところで、東洋への関心も対抗文化の特徴のひとつです。『結ぼれ』からも窺われるとおり、レインは以前から禅宗に関心を抱いていました。彼のセイロンおよびインドへの旅は、数年来の計画を実現したものだったのです。

この旅行ののち、レインはいよいよ沈潜を深めました。その成果が『人生の事実』（一九七六年。そのうち、塚本嘉壽（よしひさ）・笠原嘉両氏による翻訳が、みすず書房から刊行されることになっています〔編注：『生の事実』として一九七九年に刊行〕）であり、そしてこの『好き？　好き？　大好き？』（一九七六年）なのです。

東洋思想の影響はこの本にも認められます。本文を読めばすぐにおわかりになることですが、「33　わたしは夢を見た　わたしは蝶々になっていて」のように『荘子』にもとづいた一節もあります。「斉物論（せいぶつろん）第二」の末尾、「昔者荘周夢為胡蝶」で始まるくだりを読み返していただきましょう。さきほど引き合いに出したジョフリー・V・グレイの文には、この詩は《現実は相対的である》とするレインの理論を反映したものだとあります。病者が妄想のなかで胡蝶であるとき、それは病者自身にとって現実の経験にほかなりません。家族や医師が病者に強制してその妄想を捨てさせるとき、それもまた圧制対犠牲者の関係になってしまうのです。

レインは運命論者でもあります。彼がタイムズ・リテラリ・サプルメント誌第三九三三号（一九七七年七月二十九日付）に発表した「ソネット三篇」のなかにこんな詩句があります。

人はすべてまことに完全な奴隷である。われらの至高にして
至上なる運命をさしおいて、王はいない
ものやわらかな必然を否認することにもまして
確実に懲罰をもたらすものはなにひとつありえない

こういう詩句を読むと、レインが人間の自由意志を裏切ったかのように憤慨しだす人がいるかもしれません。しかし、これはレインの東洋的達観の表れなのです。彼はすでに一九七三年七月に、エクスプレス紙とのインタヴュー（「気が違っているのはだれか」）

のなかで、地球も、天空もなにもかも、《始まったものはすべて終わりがあるのだ》と言っています。しかもなお、彼はこの本の「59」で歌っています。

たゞいまの　永遠にこそあらね　ときとして　まさりてあるか　絶えてなきには

また「62」では、愛がかりそめのものであると述べてから、ただちにそれを否認して、愛は果てしなく、時こそ飛び去らなくてはならない、と説いているのです。彼は一方で宇宙的規模に立って瞑想しつつ、他方では現在を生き抜かねばならぬ人間としての務めを忘れてはいないのです。

おしまいに言いわけを少しばかり。

私は精神医学にかんしてはまったくの素人です。したがって、無責任にも反精神医学のお先棒をかつごうなどと思っているわけではありません。ただ、学生時代にジョルジュ・デュアメルの『ルイ・サラヴァンの生涯と冒険』を愛読して以来、文学作品を理解するにはいくらかでも精神医学の知識を持っているほうがよいと考えてきました。エリ・ヴィーゼルやアンナ・ラングフュスのような、極限状況を経験したユダヤ人作家の作品を知るに及んで、自己同一性の問題を精神医学との関連において考察する必要を痛感するにいたりました。そんなわけで、精神医学に無関心ではありえませんが、精神医学者の口真似などはできるだけ慎もうと考えております。

それにもかかわらず、まず『結ぼれ』を訳し、いままた『好き？ 好き？ 大好き？』を訳したのは、ほかでもない、レインの文学作品がおもしろいと思ったからです。つまり、私はこの二冊を文学作品として訳しました。それに、この翻訳によって日本語の練習をしたいという気持ちも働きました。レインの近ごろの詩の多くは脚韻をふんでいます。それゆえ、本訳書では、効果がないのは承知のうえで、私なりに脚韻を試みてみたり、短歌の形式を借りてみたりしました。レイン自身、「ソネット三篇」のなかで、いまどきソネットを書くなんてインキの無駄使いに見えるかもしれないが、などと書いています。作者自身がそのつもりなら、訳者としても、労力の無駄使いをして遊んでみたかったのです。

『好き？ 好き？ 大好き？』という題名にたいしては、いろいろ異論が出るものと覚悟しています。原題は《Do you love me?》ですから、もちろん「愛してる？」と訳してもよかったのです。しかし、「64」の《彼女》と《彼》の対話を読むと、《彼女》はいわば幼稚症（ピュエリリズム）ふうの気質の持ち主のようです。そこで、幼児じみたしつっこさを強調して、こういう題名を考えてみたのです。疑問符を重用したのも、このしつっこさの表現のつもりです。しかし、これではあまりに煩(うるさ)いでしょうか。

翻訳にあたっては、米国のパンセオンブックス版を底本といたしました。全体の構成も、各篇の行分けも、おおむねこの底本にもとづいていますが、英国のアレン・レイン版（一九七七年）を参照した箇所もあります。

昭和五十三年一月

村上光彦

解説

にゃるら

レインの詩は、純粋さだけで創られている。あまりにピュアな輝きを放ちすぎて、触れると決壊してしまう繊細な宝石を前にしているような恐怖すら感じる。眩しくて直視することもままならない。

ここにあるのはレインが患者を通して紡いだ真実の言葉のみで、そこに一切の過不足はない。その完成された美しさが怖い。なので、こうして巻末解説を依頼されたときすら、震えて仕方なかった。

僕は、表題作でもある「好き？　好き？　大好き？」が大好きだった。

自分が愛されていることを何度も何度も、あの手この手で表現を変え、恋人の思考を塗りつぶし、まるで二人で一体化するかのように単調な質問を繰り返す。彼女は冒頭から「世界全体よりわたしが好き?」と巨大なスケールで愛情確認をするのに、すぐさま「自分がそばにいることが好きか、自分の眉毛までも好きか」と非常に小さな範囲での好意までも問いただす。このチグハグさのなんと愛しいことか。彼女の感情はただ、目の前の恋人に愛してもらえるか、それを言葉にしてもらえるかにしか向いていない。自信過剰でありながら、見捨てられることへの不安も垣間見え、そのアンバランスさにハラハラさせられる。まるで子供が喋っているようで、そしてとても純朴な眼差しでこちらを観察しているようで、それでいて「女性」としての鋭さも瞳孔の奥に秘めているような、なにもかもが不安定な土台で構成されているのに、彼女の精神は歪ながらもそこに建っているのです。

原文の「Do You Love Me?」を、「好き? 好き? 大好き?」と訳したセンスも素晴らしい。原文、日本語訳、両者ともに良い。原文にはもっとストレートに愛情を求める初心な可愛げがあるし、日本語訳の方は反芻させることで生まれた狂気性を感じさせている。どちらも違った趣があることは前提として、やはり後者が名翻訳すぎて、日本でのレインの詩の在り方そのものに影響を与えたのではないでしょうか。幼児を思わせるほどの純粋さと狂気で同時に殴られる感覚。そんな「恋人」という爆弾に、ただただオウム返しで反応する、これまた別のベクトルで不気味な「彼」。そもそも、このやり取りはどこまでが現実で妄想なのか。彼女も彼も存在しているのか。

そんなレインの魅力に惹かれ「好き？　好き？　大好き？」なるフレーズを世に知らしめたのが、戸川純。彼女はレインの詩集からタイトルをとって、現代でも若い女子たちに多大な影響を与え続ける名曲「好き好き大好き」を作詞します。むしろ、以降は元ネタの詩集よりも曲名として認識している方のほうが多いでしょう。それだけ戸川純の「好き好き大好き」は、時代を創り上げた魂の一曲であった。

彼女が歌う「好き好き大好き」は、わざとらしいほどに幼稚で愉快なサビ前と、驚くほどにアダルトな力強さを響かせるサビのギャップで魅せる構成。おどろおどろしいイントロの不気味さにも脳が揺さぶられる。正しく「好き？　好き？　大好き？」と同じく、女性の純粋な可愛らしさと狂気が同時に襲いかかってくる感覚が「音楽」として見事に表現されているのです。戸川純の妖しげに放つオーラは、たちまち全国のサブカル男子・女子たちを虜にしました。こうして「Do You Love Me?」は、日本では「好き好き大好き」と形を変えて浸透していったのです。

Kiss me 殴るよに唇に血が滲む程
Hold me あばらが音を立てて折れる程
好き好き大好き　好き好き大好き
好き好き大好き

愛してるって言わなきゃ殺す

レインの詩では、何度も執拗に「彼」へ自分をすべてを愛しているか問い続ける「彼女」の異常な執着を、戸川純は「愛してるって言わなきゃ殺す」とシンプルかつ刺激的なサビの締めへと翻訳した。これがまだ平成も始まっていない昭和時代に書かれた詞なのだから、戸川純の感性と、その独自のキャラクター性を一切恐れずに発信し続けていく格好良さに、当時の人々は「本物」を感じたはずだ。そして、彼女の狂気に達している愛情表現は、年号を二つも越えてなおTikTokで受け継がれている。

さて、もう少し時は進み、90年代後半。平成初期。『好き？ 好き？ 大好き？』を、ひいてはR・D・レインをモチーフに製作されたゲームが二作登場する。

一つは、タイトルそのままに『好き好き大好き！』。

こちらは世紀末の閉塞感も相まってか非常に陰気だ。なんと、このゲームはゴムが大好きな尖った性的嗜好の主人公が、一目惚れした女の子を拉致してラバースーツ状態で視界も塞いだまま監禁するところから始まる。あらすじからすでに常軌を逸しているのですが、主人公の行動原理は単純明快。大好きな女の子を、大好きなゴムで包みたい。ただそれだけである。

ノベライズ版『好き好き大好き！』では、彼女との監禁同棲生活の合間に、たびたび

『好き？ 好き？ 大好き？』の詩が引用される。それも、表題作のみでなく、本書のあらゆる詩から。つまり、拉致監禁に至るような主人公の人格を、詩集に登場する人物たちと同じく「純粋なもの」として描いているのです。もちろん、そんなことを監禁されているヒロインが理解することもなく、ただただ怯え続け、彼女もまた精神が歪み始めていく。皮肉なことに、自分を拉致した主人公しか接する相手が居ないのだから、彼女は自身の正気を保つために彼へと自ら近づくことすら行う。異質で狭苦しく、そしてゴム臭い密室で繰り広げられる歪な恋愛模様は、もはやレインの詩の一つのような夢見心地の地獄を体現していく。

もう一つ、こちらは著者のR・D・レインそのものに焦点を当てた作品が誕生していた。『serial experiments lain』である。

今では、アニメ版のほうの知名度が高いですが、特にゲーム版がR・D・レインとの関連が強いため、ここではアニメ版の話は割愛。このゲームの主人公である少女の名前は「岩倉玲音」という。ゲーム内では様々な「断片」を入手することができ、それらを繋ぎ合わせていくと岩倉玲音の輪郭が見えてくる。断片の中には彼女と精神科医によるカウンセリングの様子も含まれており、そこで玲音は自身の名前が「R・D・レインから取ったのではないか」と聞かされる。

精神科医は、そこから「イギリスの精神のお医者さんで、ちょっと変わったひとなの」とレインについて説明し、その後に『好き？　好き？　大好き？』を紹介する。詩への解説に対してピンとこない玲音に対して、精神科医は「玲音はわたしのこと好き？」と訊く。素直に「うん、好き」と返す玲音に、また「お父さんよりも？　お母さんよりも？」「玲音はわたしと居ると幸せ？」と、まるで詩の中の彼女のように質問攻めを実演していく。

何故か、僕の心にこのやり取りが強く印象に残った。ゲームの中ではもっと刺激的なシーンは複数あったが、このカウンセリングの会話が一番尊く、玲音について考える中で重要な要素に思えてならなかったのです。思うに、このシーンから玲音を通してR・D・レインを見ていたのだ。次第に、僕は会話の意味を正確に理解するため、R・D・レインの『好き？　好き？　大好き？』……つまり、文庫化する以前の本書を手にすることとなったのです。

すべてが繋がった。戸川純の「好き好き大好き」から、美少女ゲームの『好き好き大好き！』、そして玲音の名前の由来になったR・D・レイン。それらすべてを通ってきた美少女ゲームユーザーかつサブカル野郎だった僕は、ついに源流へと辿り着いたのですね。

そこから先のページを捲るたびに感じた興奮は、みなさんの感性を邪魔したくないため黙っておくことにします。とにかく、本書は僕にとっても非常に大切な一冊となり、また製作していたゲーム『NEEDY GIRL OVERDOSE』に様々な影響を与えた。レインの詩集なくして拙作が生まれることはなかった。それくらい自分にとって本書に書き連ねられた詩は美しく、永遠のモノとして映った。

嬉しいことに『NEEDY GIRL OVERDOSE』はインディーゲームの歴史に残るヒットを記録してくれて、元ネタまで遡るファンたちは、『好き? 好き? 大好き?』を購入してくれる方も少なくなかった。結果、中古価格は見事に高騰した。そこで、編集者のひとりがこのタイミングならと文庫化を企画し、非常に恐縮ながら再ブームの要因の一つとなった僕へ、過去と現代の『好き? 好き? 大好き?』を橋渡しする役として巻末解説の話を持ってきてくれたのですね。

さて、こうして経緯を並べてみると、過去~現代の『好き? 好き? 大好き?』が見えてきたのではないでしょうか。他にも、岡崎京子の短編集、舞城王太郎の小説、『エヴァンゲリオン』のサブタイトルなどから入った読者もいることでしょう。ちょっと変わったイギリスの精神のお医者さんが、患者たちが話す言葉から純粋さを取り出し、彼ら彼女らの代わりに、その美しさを「詩」として発表した。その狂気と美に取り憑かれてしまった作家たちにより、令和となった今でも続く「好き?」の河が脈々と流れていったのである。

僕はできる限り、夢や幻と戯(たわむ)れていたい。だから、現実なんて忘れられるように、ゲームを製作したり、文章を書いたり、拙いながらも創作活動を続けている。レインの詩を読んでいると現実と虚構の境界線が曖昧になり、どんどん夢の世界へ堕ちていくような浮遊感に包まれていく。底の見えない深い深い穴の魅力は、未だに僕の精神を掴んで離さない。

ずっと夢の中へ耽っていたい。けれども、理性がそれを許さない。ちんけなリアルなんかを捨てきれず、今日も無様に生きながらえ、装飾に塗れた着飾った文章を投稿してしまう。一方、レインの詩には虚飾が無い。そこにはモチーフとなった人間たちの本心だけが輝いている。

眩しすぎる。そんなに純粋に、夢だけを、好きなモノで溢れた世界だけを見る勇気なんて僕にはないのだ。僕は、自分の恋人に「好き？ 好き？ 大好き？」なんて尋ねることが無いまま死んでいく。恋人同士の、いや人間同士のコミュニケーションなんて、芯の部分だけで見ればそれしかないことをレインに教えられたというのに。きっと、気の利いた言い回しで愛情表現ゲームに興じるのだろう。虚飾だ。理性だ。しょうもない。けれども、そうするしかないのだ。「彼女」と「彼」のように、本書に登場する数多の素敵な人物たちのように、本質だけで喋ることができるほど、僕らは完成されちゃいない。

（シナリオライター）

本書は、一九七八年二月にみすず書房より刊行された同名の単行本を文庫化したものです。本文中、今日の観点からは差別的または不適切な表現も含まれますが、作品の内容や成立背景、執筆・翻訳時期および著者・訳者が故人であることに鑑み、そのままとしました。

好き？ 好き？ 大好き？

二〇二三年一〇月二〇日 初版発行
二〇二四年 五 月三〇日 5刷発行

著 者 R・D・レイン
訳 者 村上光彦（むらかみみつひこ）
発行者 小野寺優
発行所 株式会社河出書房新社
〒一六二-八五四四
東京都新宿区東五軒町二-一三
電話〇三-三四〇四-八六一一（編集）
〇三-三四〇四-一二〇一（営業）
https://www.kawade.co.jp/

ロゴ・表紙デザイン 粟津潔
本文フォーマット 佐々木暁
本文組版 株式会社創都
印刷・製本 中央精版印刷株式会社

Printed in Japan ISBN978-4-309-46790-0

シモーヌ・ヴェイユ　アンソロジー

シモーヌ・ヴェイユ　今村純子〔編訳〕　46474-9

最重要テクストを精選、鏤骨の新訳。その核心と全貌を凝縮した究極のアンソロジー。善と美、力、労働、神、不幸、非人格的なものをめぐる極限的にして苛烈な問いが生み出す美しくきびしい生と思考の結晶。

アンチ・オイディプス 上・下　資本主義と分裂症

G・ドゥルーズ／F・ガタリ　宇野邦一〔訳〕　46280-6 46281-3

最初の訳から二十年目にして"新訳"で贈るドゥルーズ＝ガタリの歴史的名著。「器官なき身体」から、国家と資本主義をラディカルに批判しつつ、分裂分析へ向かう本書は、いまこそ読みなおされなければならない。

ピエール・リヴィエール　殺人・狂気・エクリチュール

M・フーコー編著　慎改康之／柵瀬宏平／千條真知子／八幡恵一〔訳〕46339-1

十九世紀フランスの小さな農村で一人の青年が母、妹、弟を殺害した。青年の手記と事件の考察からなる、フーコー権力論の記念碑的労作であると同時に希有の美しさにみちた名著の新訳。

神の裁きと訣別するため

アントナン・アルトー　宇野邦一／鈴木創士〔訳〕46275-2

「器官なき身体」をうたうアルトー最後の、そして究極の叫びである表題作、自身の試練のすべてを賭けて「ゴッホは狂人ではなかった」と論じる三十五年目の新訳による「ヴァン・ゴッホ」。激烈な思考を凝縮した二篇。

14歳からの哲学入門

飲茶　41673-1

「なんで人殺しはいけないの？」。厨二全開の斜に構えた「極端で幼稚な発想」。だが、この十四歳の頃に迎える感性で偉大な哲学者たちの論を見直せば、難解な思想の本質が見えてくる！

「最強！」のニーチェ入門

飲茶　41777-6

誰よりも楽しく、わかりやすく哲学を伝えてくれる飲茶が鉄板「ニーチェ」に挑む意欲作。孤独、将来への不安、世間とのズレ……不条理な世界に疑問を感じるあなたに。心に響く哲学入門書！

孤独の科学

ジョン・T・カシオポ／ウィリアム・パトリック　柴田裕之〔訳〕 46465-7

その孤独感には理由がある！　脳と心のしくみ、遺伝と環境、進化のプロセス、病との関係、社会・経済的背景……「つながり」を求める動物としての人間——第一人者が様々な角度からその本性に迫る。

内臓とこころ

三木成夫 41205-4

「こころ」とは、内蔵された宇宙のリズムである……子供の発育過程から、人間に「こころ」が形成されるまでを解明した解剖学者の伝説的名著。育児・教育・医療の意味を根源から問い直す。

生命とリズム

三木成夫 41262-7

「イッキ飲み」や「朝寝坊」への宇宙レベルのアプローチから「生命形態学」の原点、感動的な講演まで、エッセイ、論文、講演を収録。「三木生命学」のエッセンス最後の書。

生きるための哲学

岡田尊司 41488-1

生きづらさを抱えるすべての人へ贈る、心の処方箋。学問としての哲学ではなく、現実の苦難を生き抜くための哲学を、著者自身の豊富な臨床経験を通して描き出した名著を文庫化。

私が語り伝えたかったこと

河合隼雄 41517-8

これだけは残しておきたい、弱った心をなんとかし、問題だらけの現代社会に生きていく処方箋を。臨床心理学の第一人者・河合先生の、心の育み方を伝えるエッセイ、講演。インタビュー。没後十年。

こころとお話のゆくえ

河合隼雄 41558-1

科学技術万能の時代に、お話の効用を。悠長で役に立ちそうもないものこそ、深い意味をもつ。深呼吸しないと見落としてしまうような真実に気づかされる五十三のエッセイ。

奇想版　精神医学事典

春日武彦　41834-6

五十音順でもなければアルファベット順でもなく、筆者の「連想」の流れに乗って見出し語を紡いでゆく、前代未聞の精神医学事典。ただし、実用性には乏しい。博覧強記の精神科医による世紀の奇書。

鬱屈精神科医、占いにすがる

春日武彦　41913-8

不安感と不全感と迷いとに苛まれ、心の底から笑ったことなんて一度もない。この辛さは自業自得なのか……精神の危機に陥った精神科医は、占い師のもとを訪れる——。救いはもたらされるか？

屋根裏に誰かいるんですよ。

春日武彦　41926-8

孤独な一人暮らしを続けている老人などに、自分の部屋に誰かが住んでいるかの妄想にとらわれる「幻の同居人」妄想という症状が現れることがある。屋内の闇に秘められた心の闇をあぶりだす、名著の文庫化。

悩まない　禅の作法

枡野俊明　41655-7

頭の雑音が、ぴたりと止む。ブレない心をつくる三十八の禅の習慣。悩みに振り回されず、幸せに生きるための禅の智慧を紹介。誰でもできる坐禅の組み方、役立つケーススタディも収録。

性愛論

橋爪大三郎　41565-9

ひとはなぜ、愛するのか。身体はなぜ、もうひとつの身体を求めるのか。猥褻論、性別論、性関係論からキリスト教圏の性愛倫理とその日本的展開まで。永遠の問いを原理的に考察。解説：上野千鶴子／大澤真幸

夫婦という病

岡田尊司　41594-9

長年「家族」を見つめてきた精神科医が最前線の治療現場から贈る、結婚を人生の墓場にしないための傷んだ愛の処方箋。衝撃のベストセラー『母という病』著者渾身の書き下ろし話題作をついに文庫化。

結婚帝国

上野千鶴子／信田さよ子　41081-4

結婚は、本当に女のわかれ道なのか……？　もはや既婚／非婚のキーワードだけでは括れない「結婚」と「女」の現実を、〈オンナの味方〉二大巨頭が徹底的に語りあう！　文庫版のための追加対談収録！

愛のかたち

小林紀晴　41719-6

なぜ、写真家は、自殺した妻の最期をカメラに収めたのか？——撮っていいのか。発表していいのか……各紙誌で絶賛！　人間の本質に迫る極上のノンフィクションが待望の文庫化！

求愛瞳孔反射

穂村弘　40843-9

獣もヒトも求愛するときの瞳は、特別な光を放つ。見えますか、僕の瞳。ふたりで海に行っても、もんじゃ焼きを食べても、深く共鳴できる僕たち。歌人でエッセイの名手が贈る、甘美で危険な純愛詩集。

異性

角田光代／穂村弘　41326-6

好きだから許せる？　好きだけど許せない⁉　男と女は互いにひかれあいながら、どうしてわかりあえないのか。カクちゃん&ほむほむが、男と女についてとことん考えた、恋愛考察エッセイ。

ぬいぐるみとしゃべる人はやさしい

大前粟生　41935-0

映画化&英訳決定！　恋愛を楽しめないの、僕だけ？　大学生の七森は“男らしさ”“女らしさ”のノリが苦手。こわがらせず、侵害せず、誰かと繋がりたいのに。共感200%、やさしさの意味を問い直す物語

少女ABCDEFGHIJKLMN

最果タヒ　41876-6

好き、それだけがすべてです——「きみは透明性」「わたしたちは永遠の裸」「宇宙以前」「きみ、孤独は孤独は孤独」。最果タヒがすべての少女に贈る、本当に本当の「生」の物語！

ナチュラル・ウーマン

松浦理英子　40847-7

「私、あなたを抱きしめた時、生まれて初めて自分が女だと感じたの」——二人の女性の至純の愛と実験的な性を描いた異色の傑作が、待望の新装版で甦る。

百合小説コレクション　wiz

深緑野分／斜線堂有紀／宮木あや子 他　41943-5

実力派作家の書き下ろしと「百合文芸小説コンテスト」発の新鋭が競演する、珠玉のアンソロジー。百合小説の〈今〉がここにある。

弱法師

中山可穂　41883-4

能楽をモチーフとした、著者最愛の作品集（「弱法師」「卒塔婆小町」「浮舟」を収録）。河出文庫版の新規あとがきも掲載。

感情教育

中山可穂　41929-9

出産直後に母に捨てられた那智と、父に捨てられた理緒。時を経て、母になった那智と、ライターとして活躍する理緒が出会う時、至高の恋が燃え上がる。『白い薔薇の淵まで』と並ぶ著者最高傑作が遂に復刊！

白い薔薇の淵まで

中山可穂　41844-5

雨の降る深夜の書店で、平凡なOLは新人女性作家と出会い、恋に落ちた。甘美で破滅的な恋と性愛の深淵を美しい文体で綴った究極の恋愛小説。第十四回山本周五郎賞受賞作。河出文庫版あとがきも特別収録。

選んだ孤独はよい孤独

山内マリコ　41845-2

地元から出ないアラサー、女子が怖い高校生、仕事が出来ないあの先輩……“男らしさ”に馴染めない男たちの生きづらさに寄り添った、切なさとおかしみと共感に満ちた作品集。